SF 보다

Vol. 2 벽

초판 1쇄 발행   2023년 10월 31일

지은이   듀나 아밀 이산화 이서영 이유리 정보라
기획   문지혁 심완선
펴낸이   이광호
주간   이근혜
편집   유하은 김필균 이주이 허단 방원경 윤소진
마케팅   이가은 최지애 허황 남미리 맹정현
제작   강병석
펴낸곳   ㈜문학과지성사
등록번호   제1993-000098호
주소   04034 서울 마포구 잔다리로7길 18
전화   02-338-7224
팩스   02-323-4180(편집) / 02-338-7221(영업)
대표메일   moonji@moonji.com
저작권 문의   copyright@moonji.com
홈페이지   www.moonji.com

ISBN 978-89-320-4226-8 03810

SF 보다

Vol. 2 벽

하이퍼-링크hyper-link

넘을 수 없는, 넘어야 하는

문지혁(소설가)

intro

프란츠 카프카의 단편 「만리장성의 축조 때」에는 '황제의 전갈'이라는 짧은 우화가 등장한다. 죽어가는 황제가 멀리 떨어진 곳에 있는 '당신'에게 어떤 메시지를 보내려 한다. 황제는 사자를 불러 전갈의 내용을 귓속에 속삭여준다. 그리고 황제의 임종을 지켜보는 사람들 앞에서 사자는 먼 곳의 '당신'을 향해 출발한다. 그는 '지칠 줄 모르는 강인한 남자'지만 가는 길에 너무 많은 사람과 너무 많은 방과 너무 많은 계단과 너무 많은 궁전이 존재한다. 도착은 끝없이 지체되고 황제의 전갈은 '당신'에게 도달하지 못한다.

……이것을 '벽'에 관한 이야기로 읽을 수 있을까?

link #01: 나누고 제한하는

카프카 소설의 화자에 따르면 만리장성은 북방 이민족을 막기 위해 축조되었다. 그렇다. 벽은 나누고 막고 제한하기 위해 만들어진다. 인류의 유구한 역사가 이를 증명하며, 어쩌면 앞으로도 그럴 것이다. 존 란체스터의 디스토피아소설 『더 월』에서 어떤 섬나라는 국경과 해안선을 따라 거대한 콘크리트 벽을 세운다. 세계는 이미 기후 재앙으로 황폐해진 지 오래이며, 해수면은 높아질 대로 높아졌다. 이 벽 위로 발령 난 신입 경계병인 주인공의 임무는 자신이 맡은 구역을 사수하고 침입자를 몰아내는 것이다. '벽 위는 춥다'고 말하는 그의 운명은 오래전 만리장성 위의 경계병과 크게 다르지 않다.

영화 「큐브」에서 벽은 정육면체의 방으로 나타난다. 여섯 명의 인물이 이곳에서 눈을 뜨는데, 그들은 서로를 모르며 자신들이 왜 여기 있는지도 알지 못한다. 각각 경찰, 수학 천재, 건축가, 의사, 장애인, 탈출 전문가인 그들은 정확히 몇 개인지도 모르는 수천 개의 '큐브' 속에서 탈출구를 모색한다. 흥미로운 것은 이들이 이중의 벽—외부에 존재하는 물리적 벽과 이들 사이에 존재하는 심리적 벽—에 부딪히고 있으며, 하나의 벽을 넘는다 하더라도 그다음에는 어김없이 또다른 벽이 기다리고 있다는 점이다. 벽을 넘을수록 살아남는 사람은 줄어들고, 최종적으로 큐브는 서바이벌 게임의 형식이 된다.

link #02: 열고 연결하는

그러나 벽은 반대의 역할을 하기도 한다. 이를테면 스토리텔링 이론에서 영웅의 여정hero's journey은 몇 단계로 압축된다. 그중 중요한 단계는 영웅이 현실에서 비현실로 넘어가는 순간인데, 우리는 이 지점을 문지방threshold이라 부른다. 현실과 비현실, 일상과 모험 사이에는 언제나 (비록 문지방처럼 야트막할지라도) 벽이 세워져 있고, 이를 넘는 행위는 본격적인 여행의 시작을 의미한다. 문지방 너머에는 새로운 세계, 주인공을 필요로 하는 낯선 우주가 기다리고 있다.

그 유명한 〈해리 포터〉 시리즈의 9와 4분의 3번 승강장에서 시작해보자. 런던 킹스크로스역에는 9번 승강장과 10번 승강장은 있지만 해그리드가 준 해리의 기차표에 적힌 9와 4분의 3번 승강장은 없다. 해리를 역까지 데려다준 버넌 이모부는 말한다. "허튼소리 좀 작작 해라." 하지만 해리는 9번과 10번 승강장 사이에서 사라지는 아이들을 목격하고, 그들의 엄마에게 길을 묻는다. 그녀는 친절하게 방법을 알려준다. "걱정 마라. 9번과 10번 승강장 사이 개찰구로 걸어가기만 하면 되는 거야. 부딪힐까 봐 멈추거나 겁먹지 않는 게 중요하지."

소설 『나니아 연대기』 제2장 '사자와 마녀와 옷장'에서 벽은 옷장의 형태를 띠고 있다. 런던 공습을 피해 시골에 사는 먼 친척 커크 교수의 집으로 피신한 4남매는 숨바꼭질을 하다가 낡은 옷장을 발견한다. 영원히 겨울이 지속되는 나니아의 세계를 차례로 경험하게 된 아이들은 결국 네 명 모두 옷장에 들어간다. 현실의 물성이 그러하듯 벽임과 동시에 문인 옷장을 통해 새로운 세계에 들어선 아이들은 옷장에 걸려 있던 모피 코트를 입고 있다. 마치 에덴동산에서 쫓겨난 아담과 이브가 가죽옷을 입게 된 것처럼. 이 이야기 전체가 일종의 '성경 다시 쓰기'라는 점을 생각해보면, 예수의 비유들 역시 벽이자 문, 하나의 옷장이었다는 사실을 알게 된다: "들을 귀 있는 자는 들을지어다"(「마태복음」 11장 15절).

벽이 문이 되는 이야기는 비단 이뿐만이 아닐 것이다. 우주선이 대기권을 통과할 때, 웜홀과 블랙홀에 빨려 들어갈 때, 시간을 뛰어넘거나 외계인을 만나거나 토끼 굴에 들어가거나 자물쇠가 열릴 때, 벽은 새로운 세계를 열어주는 통로가 된다. 너머의 세계로 가는 길에는 언제나 크고 작은 문지방이 솟아 있기 때문이다.

link #03: 하나의 세계가 되어버린

벽돌을 쌓으면 벽이 되고, 벽이 높아지면 탑이 된다. 벽에는 문도 있고 창문도 있으며, 벽과 벽이 모이면 공간이 만들어지고 층이 생기면서 비로소 3차원의 높이와 너비를 지닌 무언가가 탄생한다. 바로 성城이다.

성은 벽의 최종 도착점이자 하나의 구조, 시스템, 세계다. 카프카의 미완성 장편 『성』에서 측량 기사 K에게 성은 측량과 접근이 불가능한 공간이다. 불려 왔으나 아무도 자신을 부르지 않는 성 밖의 마을에서 K는 관료제와 가부장제, 수직적 권력 구조와 폐쇄된 공동체라는 보이지 않는 '성'을 경험한다. 이 소설은 완결되지 못했지만(막스 브로트에 따르면 카프카가 쓰려던 결말은 K가 결국 성으로 들어와도 좋다는 허가를 받지만 그 전에 죽음을 맞이하는 것이었다고 한다) 그 미완결이야말로 이 작품을 완벽한 성으로 만들고 말았다. 완결되지 않은 질문에 우리는 도무지 답할 수 없기 때문에.

카프카가 『성』을 썼던 리젠게비르게산맥 속 소도시 슈핀들레뮐레를 떠올리게 하는 산장 주위에 어느 날 '매끄럽고 차가운' 벽이 생겨났음을 알게 되는 마를렌 하우스호퍼의 『벽』도 있다. 핵전쟁으로 추측되는 비극 이후 투명한 벽 바깥의 세계는 모든 생명이 화석이 되었다. 벽 안의 세계에 갇힘으로써 역설적으로 혼자 살아남게 된 주인공은 동물들과 함께 새로운 '성'에서의 생활을 받아들여야만 하는 상황에 놓인다. 그녀에게 벽 안의 삶은 에덴동산으로의 회귀이자 서바이벌 게임이자 '화석이 되어버린' 문명에의 도전이다. 그러나 그 모든 생존 투쟁이 마침내 글쓰기와 기록이라는 문명의 형태로 전달되는 것은 이 이야기의 매력적인 아이러니가 아닐 수 없다.

조지 오웰의 『1984』에 등장하는 신어Newspeak와 '사상 장벽', 필립 K. 딕의 『높은 성의 사내』와 복거일의 『비명을 찾아서』, 로버트 해리스의 『당신들의 조국』 같은 대체역사소설에서 공통적으로 경고하고 있는 전체주의와 파시즘, 군국주의라는 성도 떠올릴 수 있겠다. 하지만 성이 되어버린 벽이 문학이나 이야기 속에만 존재하는 것은 아니다. 이것은 단순한 메타포나 상징이 아니며, 실존하는 욕망이자 물리적 대상이다. 누가 오늘날 우리의 성은 무엇이냐고 묻는다면 나는 도시 어디에서나 손가락 하나로 그것을 지목할 수 있다. 아파트.

outro

언젠가 미국에서 작가이자 교수인 선생님과 이야기를 나누다가, 흔히 '작가의 장벽'이라고 하는 'writer's block'을 'writer's wall'이라고 잘못 말한 적이 있다. 이어지는 대화에서 선생님은 내가 무안하지 않도록 조심스럽게 나의 말실수를 교정해주면서 이렇게 덧붙였다.

"근데 그것도 말이 되네."

그때 나는 왜 그런 실수를 했을까? 별것 아닌 이 장면은 나를 오랫동안 괴롭혔다. '혀가 미끄러지는 것slip of the tongue'에는 내재된 이유가 있(다고 배웠)기 때문이다. 나에게 글쓰기란 벽을 마주 보는 일이었던 것일까?

서두에 소개했던 카프카의 우화 '황제의 전갈'은 아래와 같은 문장으로 끝난다.

하지만 저녁이 되면 당신은 여전히 창가에 앉아 메시지가 오기를 꿈꿉니다.

문학이 무엇인지, 장르와 SF가 무엇인지 나는 아직 정확히 모르지만, 어쩌면 그건 끝없이 벽을 넘는 누군가를 기다리는 일 아닐까? 사람과 방과 계단과 궁전을 넘어, 누군가 우리에게 올 것이라고 기대하고 기도하고 그리는 일. 우리에게 메타포가, 비유와 우화가, 문학이 그런 것처럼. 이야기는 벽이 되고 문이 되고 세계가 된다. 책은 벽돌이다.

어느새 저녁이 되었고, 이제 꿈꿀 시간이다.

아레나

듀나

1

2033년 7월 14일 오후 5시 14분. 대구 도시철도 공사장에서 진홍색 젤리로 가득 찬 지층이 발견됐다. 젤리를 손으로 만진 건설 노동자 열네 명은 눈과 귀로 피를 뿜다가 모두 그날이 지나기 전에 죽었다. 남한 인구 3분의 1을 날려버린 적사병의 시작이었다.

그날 밤 세니가 찬우를 찾아왔다.

베이지색 원피스와 연두색 카디건 차림이었다. 어깨까지 길게 기른 머리칼 밑의 창백한 얼굴은 이십대 후반에서 삼십대 초반 정도로 보였다. 실제 세니가 한 번도 가진 적 없는 어른의 얼굴이었다. 몇몇 팬아트 작가들이 모여 '살아 있었다면 지금 서른인 세니'라는 테마로 그린 그림들을 온라인에 올린 적이 있었다. 연두색 카디건과 베이지색 원피스, 그 아래 살짝 드러나 보이는 하얀 운동화도 거기서 나왔을까. 꿈속에서 몽롱한 상태로 죽은 친구의 얼굴을 바라보던 찬우는 그 가설을 확인할 만큼 정신이 또렷하지 못했다.

생일 축하해.

세니가 말했다.

적어도 찬우는 그렇게 말했다고 생각했다. 그 뒤에 세니가 서글픈 미소를 지으면서 한 말 모두가 찬우 자신과 어떻게든 관련이 있다고 믿었다. 그 믿음 속에서 세니의 말을 만들었고 해석했다. 하지만 그런 자기중심적인 망상이 꿈을 교란시켰다. 찬우는 세니가 그런 달짝지근한 말만 할 리가 없다는 걸 알았고 자신이 꿈을 꾸고 있다는 것을 알아차렸다. 그 순간 세니의 얼굴은 공기 속에서 연기처럼 흩어졌고 연두색 카디건만 남아 조용히 바닥에 깔렸다.

찬우는 눈을 떴다. 흘러내린 침을 닦고 갑자기 솟구쳐 나와 목구멍을 지지는 위액에 몸서리를 쳤다. 침대에서 기어나와 냉장고에서 결명자차 병을 하나 꺼내 뚜껑을 땄다. 차가운 액체가 목구멍을 씻었지만 통증은 사라지지 않았다.

냉장고 시계를 봤다. 새벽 5시 55분이었다. 5가 세 개 겹친 숫자에서 초자연적인 의미를 찾으려는 순간 56분이 됐다.

더 이상 잠이 올 리가 없다는 걸 알게 된 찬우는 주섬주섬 옷을 챙겨 입고 컴퓨터를 켰다. 수십 년 된 재활용 부품들로 만든 두툼한 물건이었다. 나라 바깥 여기저기에 흩어져 있는 한국 대기업에서 꾸준히 최신 전자 기기들을 무인 선박과 드론을 통해 보내주었고 국내 생산기술도 기대 이상으로 발전하고 있었지만 쿼런틴하의 남한 땅에서 이전과 같은 과소비는 불가능했다. 전자 부품들은 목숨이 다할 때까지 재활용되었다.

찬우는 새로 들어온 메일을 확인했다. 대부분 인공지능이 작성해 자동 전송한 데이터였다. 그중 하나는 케네스 리가 보낸 것이었다. 켄과 찬우는 지난 다섯 달 동안 K-포스의 알파히어로 팀 아퀼라의 공동 책임자였다. 사람들은 찬우만을 알았다. 세니, 찬우 그리고 이전 책임자 미래는 모두 K-포스의 첫 알파히어로 팀 블루스펙터스의 멤버였다. 따지고 보면 켄도 블루스펙터스의 멤버이긴 했다. 하지만 그때나 지금이나 멤버들 뒤에 숨은 운영 팀, 즉 그림자였고 대중은 이들에 별 관심이 없었다. 한동안 알파히어로였던 찬우와 미래 정도가 예외였다. 회사는 이들의 이미지를 전략적으로 이용했고 켄은 편안하게 동료들의 명성 뒤에 숨었다.

켄의 글은 언제나처럼 사무적이고 단조로웠다. 고요가 죽고 산주가 팀을 떠난 뒤로 테스트 중인 예비 멤버 아미르와 성후에 대한 내용이 대부분이었다. 둘 다 겉보기엔 팀에 잘 적응하고 있었다. 특히 아미르가 지닌 보호자로서의 능력은 믿음직했다. 단지 켄은 성후의 폭력 성향을 통제하지 못할까 봐 걱정하고 있었다. 종종 녀석은 카메라 바깥에서 인종차별적으로 들릴 수 있는 아슬아슬한 발언으로 아미르를 도발했는데, 이게 누출된다면 팀 이미지에도 안 좋고, 무엇보다 아미르의 보호 능력에 영향을 끼칠 수 있다. 그러니 네가 가서 직접 만나 이야기해서 애를 좀 사람 구실을 하게 고쳐놔.

찬우는 키득거리며 웃었다. 성후는 답이 없었다. 훈련생 중 그나마 나아서 어쩔 수 없이 데려온 놈이었다. 켄이 그럴 모를 리가 없었다. 그냥 내가 카메라에 얼굴만 팔면서 일 없이 노는 걸 보기 싫었겠지. 어차피 내가 무슨 말을 해도 들을 리가 없다. 대충 비굴한 미소를 지으며 고개만 까딱거리다가 뒤에서 날 꼰대라고 비웃겠지. 찬우는 요새 애들을 이해할 수 없었다. 우리도 어른들에게 그런 말을 듣긴 했지만 저 애들 같지는 않았어.

한동안 소파에 앉아 꾸벅거리며 졸다가 샤워를 한 뒤 몸단장을 하고 외출복으로 갈아입었다. 나가기 전 3초 정도 전신 거울을 들여다보았다. 안심이 됐다. 찬우의 외모는 블루스펙터스에서 알파로 활동했던 때보다 지금이 나았다. 몸매는 군살 없이 날렵했다. 눈가의 주름 같은 건 없앨 수도 있었지만 일부러 남겼다. 슬슬 연륜을 보여주어야 할 때였다. 어렸을 때는 그냥 촌스럽기만 했고 꾸미는 건 다 주변 전문가들 몫이었다. 지금 찬우는 자신의 외모를 통제할 수 있었고 그 영향력을 이용할 줄도 알았다. 그거라도 할 줄 알아 다행이었다. 회장의 사망 이후 K-포스의 실질적인 리더였던 미래와 켄과는 달리, 찬우는 끝까지 어른으로서 역할을 찾지 못했다. 블루스펙터스의 보호자로 활동했던 7년간이 가치 있는 인간으로 활동했던 유일한 시기였다.

아파트에서 K-포스 본사까지는 걸어서 10분 거리였다. 상암동의 빌딩 숲은 쿼런틴 전과 비슷하면서도 달랐다. 모든 건물이 풍력과 태양광 발전 시설을 갖추고 있었고 어딘가에선 감자를 키웠다. 지금 남한 사람들은 열량의 3분의 1을 감자에서 얻고 있다. 그동안 사람들이 먹는 음식이 바뀐 걸 보면 신기하기 짝이 없었다. 특히 식용 곤충은 온갖 곳에 활용되었다.

본사 지하 1층으로 내려가자 희미한 피아노 소리가 들렸다. 슈베르트의 「네 손을 위한 환상곡, D. 940」이었다. 저번 주엔 스트라빈스키의 「두 대의 피아노를 위한 소나타」였다. 회장이 죽자, 미래와 퀸은 회장의 오락실이었던 방 하나에 업라이트피아노 두 대를 두었고 거기서 연탄곡이나 이중주를 연습했다. 충분하다고 여겨지면 다음 곡으로 넘어갔고 한 번도 무대에서 공연한 적이 없었다.

노크 없이 들어간 찬우는 구석에 놓인 낡은 소파에 앉아 피아노 연주에 몰두하고 있는 동료들의 뒷모습을 바라보았다. 연주가 끝나자 의자에서 일어난 미래는 덤덤한 얼굴로 찬우를 바라보았다.

"성후에게 가봤어?"

"다들 아침 훈련 중일걸. 게다가 어제 엑스스쿼드가 회사를 습격한다고 선언해서 그거 대비하느라고 바쁠 거야."

"남의 일처럼 말하지 마. 그것도 네 일이야. 그리고 성후와는 점심시간 때 이야기를 좀 해봐."

"그 녀석은 내 말을 안 들을 거라고!"

"적어도 말은 해봐야 우리가 나중에 뭘 해도 핑계가 생기지."

"성후 외에 대안이 있어? 훈련생 중 발화자야 많지만 그나마 자기 힘을 통제할 수 있는 남자애는 걔뿐이야. 나머지는 조금만 전투가 거칠어져도 폭발하고 말걸."

"꼭 발화자가 필요하지 않을 수도 있어. 글로우도 발화자 없이 잘 버텨왔잖아."

"아퀼라는 글로우가 아니야. 역할이 분명해야 해. 걔들은 그런 식으로 싸우도록 훈련받았다고."

"언제까지고 기존 방식을 고수할 수는 없어."

찬우는 아직도 피아노 건반을 쓰다듬고 있는 켄에게 눈으로 구조 신호를 보냈다. 켄은 미래와 찬우를 번갈아 보다가 한숨을 내쉬며 말했다.

"우린 지금까지 아퀼라의 이미지를 잘 써먹어왔지. 하지만 과연 아퀼라가 멀쩡한 팀이었나? 우리가 지금까지 그 녀석들이 저지른 짓들을 수습하느라 얼마나 애를 먹었는지 생각해봐. 무엇보다 지금까지 아퀼라 멤버들이 어떻게 죽었는지 생각해보라고. 아퀼라의 가장 위험한 적은 아퀼라 자신이야. 아퀼라가 시행착오의 데이터를 제공해주었다면 우린 그걸 이용해야 해. 계속 기존 이미지에 갇힐 수는 없어. K-포스엔 아퀼라보다 더 잘하는 팀들이 있어. 그렇다면 아퀼라가 그 팀들에게 배워야지."

켄은 피아노 뚜껑을 닫으며 이야기를 마무리 지었다.

"따지고 보면 우리가 아퀼라를 계속 유지해야 할 이유도 없어."

2

적사병 발발 이후 남한은 전 세계적 실험실이 되었다. 제주

도와 몇몇 섬을 제외한 모든 지역이 물리적으로 고립되었다. 어느 누구도 들어갈 수도, 나갈 수도 없었다. 수입 자원을 펑펑 쓰며 선진국 놀이를 하던 나라가 갑자기 자급자족의 운명과 마주했다. 석 달 동안 1,500만 명이 넘는 사람들이 적사병으로 죽은 건 오히려 축복이었다. 먹여야 할 입이 줄어들었고 평균연령이 낮아졌다.

에너지와 식량의 자급자족 목표는 예상보다 빨리 달성되었다. 살아남아야 한다는 압박 속에서 수많은 기술이 실험되고 개발되고 적용되었다. 고국에서 개발된 신기술로, 한국의 다국적 기업들은 명성을 누렸다. 대몰살과 쿼런틴 때문에 암과 같았던 재벌 문화에서도 얼떨결에 해방되었다. 다른 나라도 지금의 남한처럼 한다면 지구 문명은 미래를 기대할 수 있을 것이다.

하지만 남한이 전 세계의 관심사인 이유는 따로 있었다. 적사병의 원인인 프로스페로 생태계는 소수의 생존자들을 초능력자로 만들었다. 그중 일부는 7, 8년 동안 청소년기를 거치면서 어마어마한 힘을 갖게 됐고 옛날 미국 코믹 북에서나 가능했던 온갖 일을 벌였다.

미국이라면 이들은 자경대원이 되었을 것이다. 남한에서 이들은 회사에 들어갔다.

성후와의 만남은 예상대로 흘러갔다. 예측에서 1센티도 벗어나지 못하는 녀석이었다. 포기한 찬우는 이번엔 훈련생 둘과 함께 농구를 하고 있는 아미르를 찾아갔다. 성후 이야기를 직접 하지는 않았지만, 적당히 기운을 북돋워줬고 몇 분 동안 같이 코트 안에서 놀아줬다. 아미르는 별생각이 없는 것 같았지만 남의 속을 누가 알겠는가. 지금처럼 알파히어로로 데뷔를 앞둔 때에는 더욱더 자기 생각을 숨길 것이다.

회사는 엑스스쿼드 때문에 바빴다. 엑스스쿼드는 라스푸틴의 죽음 이후 결집한 알파악당들이 만든 팀으로 이름엔 당연히 아무 의미가 없다. K-포스를 습격하겠다는 협박도 특별히 될 게 없었다. 하지만 라스푸틴이 K-포스와 아미쿠스 임원 열두 명을 날려버린 게 겨우 반년 전이었다. 라스푸틴이 그럴 수 있다면 다른 누구도 할 수 있다.

무엇보다 엑스스쿼드의 최근 활동이 수상쩍었다. 그냥 어중이떠중이 악당들이 저지른 일치고는 치밀했고 규모도 컸다. 무엇보다 숨은 의도가 보였다. 금괴를 강탈하고 마음에 안 드는 공무원들을 살해하는 듯한 겉보기 뒤에 무언가가 숨어 있는 것 같았다.

한자경 회장은 이 모든 것 뒤에 클릭스가 숨어 있다고 봤다. 클릭스는 미국 기반의 다국적 제약 회사였다. K-포스와 아미쿠스가 지금까지 알파히어로들을 가지고 한 연구와 실험 결과의 대부분은 한국 기반 대기업들이 독점하고 있다. 수많은 집단이 그 데이터를 탐냈다. 알파히어로들이 그 결과를 주지 않는다면 악당들을 선택할 수밖에 없다. 한자경은 클릭스가 엑스스쿼드를 매수한 정도가 아니라 처음부터 이 알파악당 팀의 실제 운영자라고 믿었다. 엑스스쿼드가 미쳐 날뛰며 도시를 부수는 동안 그 몸에 이식된 기기들이 데이터를 댈러스로 보내고 있었을 가능성이 컸다. 수많은 용의자 중 왜 클릭스인가? K-포스의 해외 스파이들은 그 가설을 뒷받침하는 수많은 정황증거를 보내오고 있었다. 그리고 그에 대한 토론이 몇 시간 동안 강당에서 벌어지고 있었다.

찬우는 솔직히 클릭스가 무슨 짓을 하건 관심이 없었다. 누구라도 프로스페로 생태계의 비밀을 풀고 남한 땅을 둘러싸고 있는 이 장벽을 무너뜨리길 바랐다. 찬우는 어렸을 때 부모와 함께 한차례 대만에 가본 뒤로는 단 한 번도 이 나라를 떠난 적이 없다. 찬우는 초능력자들의 격투장이 된 이 땅이 지긋지긋했다. 어디로든 나가서 돌아오고 싶지 않았다. 진짜 올리브오일이 들어간 파스타를 먹고 진짜 커피콩을 갈아 만든 커피를 마시고 싶었다. 아, 해외 팬들도 만나고 싶었다. 아직도 블루스펙터스와 나를 기억하는 사람이 몇 명 남아 있다면.

오후 6시가 넘자 찬우는 강당을 떠났다. 다들 지쳐서 헛소리를 하기 시작할 무렵이었다.

구내식당에서 샌드위치와 우롱차로 간단히 저녁을 먹고 아파트로 돌아가려는데, 글로우의 리더 미라솔의 작고 가녀린 몸이 휙 하고 튀어나와 앞을 가로막았다. 어떻게든 눈에 뜨이지 않게 옆으로 돌아가려는 찬우와 그걸 막는 미라솔의 어색한 2인무가 시작되었다. 둘은 어정쩡한 거리를 유지하며 회전문을 열고 나왔다.

"제발. 다들 보잖아."

찬우가 속삭였다.

"보라지. 우리가 같이 있으면 이상한 사이인가?"

그렇지는 않았다. 적어도 통계상으로는 그랬다. 찬우와 미라솔을 엮는 팬픽 작가가 없지는 않겠지만 진짜로 두 사람이 애인 사이라고 믿을 사람은 거의 없을 것이다. 찬우가 평생 고수해온 사람 좋은 모범생 이미지는 조카뻘 되는 여자 멤버와의 연애를 상상하는 데에 방해가 되었다.

두 달 정도 지속된 관계를 시작한 건 미라솔이었다. 남자들의 뻔한 변명처럼 들리겠지만 사실이다. 찬우는 정말 주어진 이미지대로 살려고 했다. 한때 알파히어로였던 남자들 절반이 그렇듯 성기능 장애도 있다. 무엇보다 키가 150센티도 안 되고 빼빼 마른 미라솔은 정말 취향이 아니었다. 어렸을 때 알파히어로가 되지 않았다면 조금 더 컸을 것이고 조금 더 어른스러운 몸을 가졌을 텐데.

미라솔이 찬우를 특별히 원했던 것도 아니었다. 둘의 연애 또는 연애 비슷한 것은 남한 땅에 떨어진 뒤 미라솔이 벌인 수많은 반항 중 하나였다. 그 반항의 대부분은 회사, 특히 고 김영천 회장을 향한 것이었다. 나머지는 솔직히 방향도 안 보였다. 찬우와의 관계는 미라솔이 운 나쁘게 남한 땅에 떨어져 알파히어로가 되지 않았다면 아직 갖고 있을지도 모를 욕망을 되살리려는 시도였다. 찬우는 약도 먹고 기구도 이용하면서 둘 사이의 관계를 유지하려 최선을 다했지만 돌아오는 건

너희들이 나를 괴물로 만들었다는 징징거림뿐이었다. 찬우는 눈치 없게 그 '괴물'이 '동성애자'의 은유냐고 물었고 그날로 둘의 관계는 끝이 났다. 하긴 글로우 같은 팀에 있으면서 동성애자를 괴물로 연결 짓기는 힘들었을 것이다.

그게 2년 전이었다. 그동안 김영천이 불타 죽었고 한자경은 회장이 됐다. 그리고 미라솔은 K-포스의 제주도 연구소 직원이었던 앨리스 최와 테일러 그린이 그들의 외동딸인 자신이 프로스페로 생태계와 접촉하면 엄청난 초능력을 갖게 되리라는 결론을 내렸다는 사실을, K-포스도 이를 인지하고 있다는 사실을 알게 되었다. 미라솔이 반평생 넘게 만들고 있던 음모론을 증명하기에 이것만으로는 불충분했다. 하지만 죽은 김영천과 산 한자경에 대한 증오를 유지하기엔 충분했다.

찬우는 어떻게든 미라솔의 음모론을 격파하려고 최선을 다했다. 이 모든 건 우연의 일치가 재수 없이 겹친 것에 불과해. 어떤 부모가 자발적으로 자기 아이를 남한 땅의 감옥에 가두겠어? 회사가 너를 노려 사고를 조작해 부모를 죽이고 너를 빼돌렸다는 가설도 어이가 없어. 너는 특별해. 맞아. 하지만 그런 수고를 해서 납치해야 할 만큼 특별할까?

전부 말이 됐다. 더 어이가 없는 건, 미라솔이 영웅과 악당들이 미쳐 날뛰는 이 남한 땅의 아레나에서 그 누구보다도 뛰어나다는 사실이다. 세상에 대한 울분이 그를 최고의 알파 히어로로 만든 것이다. 이 모순적인 상황 속에서 미라솔은 언제나 왔다 갔다 했다.

"엑스스쿼드 때문에 바빠야 하지 않아?"

찬우가 물었다.

"잠깐 이야기를 할 여유도 없어?"

미라솔이 쏘아붙였다.

"네 부탁은 들어줄 수 없어. K-포스는 한자경이 필요해. 지금까지 구축해온 이미지가 사실이 아니라는 하찮은 이유만으로 포기할 수는 없어. 지금도 죽은 회장에 대한 온갖 소문이 떠돌고 있는데 이걸 막을 수 있는 사람은 한자경뿐이야. 네가 생각하는 사내 쿠데타는 그냥 어이가 없어. 난 최대한 네 편을 들어주고 싶어. 진심이야. 하지만 이건 아니야."

"그렇다면 도대체 당신이 할 수 있는 게 뭔데?"

"글쎄? 사람들 앞에서 예쁘게 웃고 듣기 좋은 말을 하는 것? 베타로 주저앉은 알파보호자처럼 하찮은 존재가 있을까. 지금 내 초능력으로 할 수 있는 건 벌레를 쫓는 것뿐이야. 난 평생 동안 모기에 물릴 걱정은 없겠지. 하지만 그 힘이 세상에 무슨 도움이 될까? 난 생각 없고 단순한 사람이야. 블루스펙터스 때도 그랬어. 제발 앞으로도 그렇게 살게 내버려둬."

찬우는 등을 뚫어버릴 것 같은 미라솔의 시선을 느끼며 허겁지겁 걸음을 옮겼다. 오늘은 뉴욕 기반 K-팝 그룹 시버스가 두번째 정규 앨범을 내는 날이다. 빨리 집으로 돌아가 벽을 꽉 채우는 큰 화면으로 새 뮤직비디오와 공연 클립을 보며 세상을 잊고 싶었다. 엑스스쿼드가 습격하건 말건 내가 알 게 뭐야……

언제나처럼 찬우는 조금 늦었다. 다섯 걸음도 걷기 전에 하늘에서 수십 개의 노란 점이 상암동으로 내려왔다. 찬우와 미라솔 앞에 멋있는 자세로 착지한 건 분장이라도 한 것처럼 붉은 피부에 이상한 모양으로 뒤틀린 긴 팔다리를 가진 나이를 알 수 없는 백발의 남자였다. 남자는 엄마 앞에서 장난감을 던지며 울어대는 여자아이처럼 찢어지는 고음으로 소리를 질렀다.

"우리는 엑스스쿼드다! 세상을 교란하는 회사들의 독재를 타도하고 진실을 밝힌다! K-포스여! 종말을 맞이하라!"

분명 더 할 말이 많았겠지만, 남자가 갑자기 튕겨져 나가 맞은편 가로등에 머리를 박고 쓰러지면서 연설은 끝이 났다. 미라솔이었다. 주변의 구경꾼들은 알 도리가 없었다. 현역 K-팝 안무가들이 정교하게 짜준 알파히어로 동작은 사실 염력 공격의 기능과 별 상관이 없었다. 오히려 가장 큰 역할은 시선 분산이었다. 이번에도 남자는 K-포스 회사 건물 2층 창문을 열고 날아오는 알파들에 정신이 팔린 나머지 회전문 옆에서 양손을 청바지 주머니에 쑤셔 넣고 어정쩡하게 서 있는 미라솔을 알아차리지 못했다.

노란 별들은 계속 하늘에서 떨어졌다. 50명, 60명쯤 될까. '스쿼드'라는 이름에 어울리지 않는 숫자였지만 알파악당들이 그런 것에 신경 쓰는 걸 본 적이 없었다. 그와 함께 수백 대의 미니 드론이 벌 떼처럼 날아들었다. 절반은 회사 것, 나머지 절반은 근처 방송국과 개인 방송 사업자들이 보낸 것이었다. 몇몇은 발화자들이 뿜어대는 화염에 불타버렸지만 그 자리를 채울 새 드론은 계속 날아들었다.

찬우가 회사 건물로 들어가자마자 회전문과 창문 앞에 철로 만든 보호 벽이 내려갔다. 그전에 글로우 멤버들이 한 명씩 모습을 드러냈고 미라솔은 마치 처음부터 합을 맞추기라도 한 것처럼 자연스럽게 무리 속으로 녹아들었다. 아까 2층에서 쏟아져 나온 알파들도 스틱스와 오리온, 기타 훈련생 무리로 분리되었다. 아퀼라는 보이지 않았다.

찬우는 엘리베이터를 타고 지하 2층으로 내려갔다. 여기저기 뛰어다니며 고함을 질러대는 그림자들로 복도는 분주했다. 지휘실은 오히려 상대적으로 조용했다. 팀마다 열 명 정도의 그림자가 대형 모니터들을 잡고 멤버들에게 지시를 보내고 있었고, 벽 구석 쪽 불편해 보이는 빨간색 모노블록 의자 안에 커다란 몸을 구겨 앉은 켄이 눈을 감고 이 모든 상황을 정신감응으로 통제하고 있었다. 켄은 K-포스의 가장 큰 자산이었고 모니터를 통해 보이는 정교한 오케스트라 연주와 같은 알파히어로의 공격은 그 증거였다.

엑스스쿼드의 3차원 공격은 조금씩 가라앉고 있었다. 그건 K-포스의 알파들이 비행 능력이 없는 알파악당들을 날 수 있게 하는 염력자들을 한 명씩 무력화시키고 있다는 뜻이었다. 그쪽도 이를 예상했는지 몇 분 전부터 지상 층 공격에 집중하고 있었다. 벌써 폭탄이 세 개가 터졌다. 두 개는 스틱스의 보호자가 막아냈지만 세번째는 회전문을 막고 있던 철벽에 제법 큰 구멍을 냈다.

"적들이 안으로 들어옵니다."

굵직한 남자 목소리가 울렸다. 이미 기다리고 있었다는 투였다. 웅웅거리는 소리와 함께 건물 전체가 흔들렸다. 위장벽이 내려갔고 복도의 방향이 조금씩 바뀌었다. 침입자를 위한 함정이 만들어지고 있었다.

의자에서 일어난 켄이 찬우에게 손짓을 했다. 둘은 느긋하게 지휘실을 빠져나왔다. 다른 사람들이 보기엔 위기 상황이 막 시작된 것이지만 이제부터는 켄 없이도 통제가 가능한 단계였다. 물론 그와 상관없이 이야기는 회사의 작가들에 의해 조작될 것이다. 엑스스쿼드의 능력과 위기 상황은 부풀려질 것이고 회사는 이를 마무리할 그럴싸한 결론을 제시하겠지. 그리고 한 30퍼센트 정도의 사람들만 그 말을 믿을 것이고 이를 설명할 수많은 음모론이 튀어나올 것이다. 그리고 진실은 그 음모론의 숲 속에 숨어 구별이 불가능해지겠지.

"이번엔 어떻게 된 거야?"

찬우가 물었다.

"엑스스쿼드가 회사를 습격했고 우리도 맞서는 중이야. 엑스스쿼드의 서사에 따르면 K-포스는 대구에서 무언가 수수께끼의 물건을 발견했고 그걸 본사 지하실에 숨겼어. K-포스가 그걸 이용해 소속 알파들에게 힘을 주고 있는 거지. 언젠가 우리는 그 물건의 비밀을 밝혀낼 거고 그 힘으로 남한, 그리고 세계 전체를 지배할 거야. 엑스스쿼드는 그 물건을 빼앗아 대중에게 공개하려는 거고. 자기네들을 무슨 로빈 후드로 알아."

"거기에 대해서는 나도 아까 들었어. 그건 걔들 생각도 아니지 않아? 몇 년째 비슷비슷한 음모론이 돌고 있었는데 몇몇 팬픽 작가들이 그걸 설정으로 써먹었고 엑스스쿼드가 그걸 진짜로 믿어버린 거지."

"독창성이란 찾아볼 수 없는 녀석들이야. 하지만 그 생각을 받아들인 게 과연 우연일까? 아니면 클릭스가 배후에 있는 걸까? 클릭스가 배후에 있다고 쳐. 그쪽에선 아무래도 우리가 무언가를 숨기고 있는지 알고 싶겠지. 그건 단지 대구에서 가져온 신비한 무언가가 아니라 지금까지 우리가 쌓아둔 연구 데이터인 거고."

"우리 지하실엔 진짜로 대구에서 가져온 신비한 무언가가 있잖아. 프로스페로 샘플 말이야."

"하지만 20년 동안 실험했어도 알아낸 게 별로 없잖아. 우리의 초능력이 어떻게 만들어졌는지 아직도 모르는 것처럼. 클릭스라고 좀 나을까."

"나을 수도 있어. 우리가 갖고 있는 걸 모두 공개하고 더 많은 사람이 머리를 맞댄다면."

"하긴 저번 회장이 너무 많은 걸 숨겨놓긴 했지. 언젠가는 공개해야 해. 하지만 이런 식으로 강탈당해서는 안 되지. 자존심의 문제잖아."

비명 소리와 총성, 폭발음이 벽 너머에서 들려왔다. 켄의 커다란 얼굴은 침울해 보였다. 저 녀석도 나처럼 이 미래 없는 싸움에 질려 있는 거다. 찬우는 생각했다. 끝나지 않는 프로레슬링, 격투장을 둘러싼 보이지 않는 거대한 벽들. 우린 언제까지 이곳에 갇혀 살아야 하는 걸까.

숨이 막혔다.

마지막 비명 소리가 멎고 주변이 조용해지자 켄은 복도 끝의 녹색 문을 열었다.

문 너머는 피투성이였다. 시체들은 찢겨 있었고 몇몇은 불에 타 있었다. 대부분 엑스스쿼드 무리였다. 방 가운데에서 석탄처럼 붉은빛을 내며 달아오르다 하얗게 식어가는 시체하나를 제외하면.

"성후야."

켄이 말했다.

"엑스스쿼드에게 당한 건가? 아니면……"

찬우가 물었다.

"어떻게 된 건지 찬우 선배에게 말해줘, 아미르."

찬우는 그제야 그늘진 구석에 서서 씩씩거리는 아퀼라 멤버들을 볼 수 있었다. 입고 있는 사복은 피와 재로 얼룩지고 불에 그을었다. 몇몇은 얼마 전까지 있었던 아드레날린 분출의 후유증 때문인지 키득키득 웃고 있었다. 지금 숯덩이가된 시체가 얼마 전까지 자기네 후배였다는 생각은 전혀 안드는 것 같았다.

"자연발화했습니다."

아미르가 차분하게 대답했다.

"정체가 탄로되자 저희를 공격했습니다. 제가 보호막을 쳐서 막았고 청유 선배가 염력으로 공격했습니다. 그리고 그 순간 갑자기 몸에 불이 났습니다. 자기 성질을 견뎌내지 못한 것 같습니다. 발화자에게 이런 일이 일어날 수도 있다는 건 알고 있었습니다만."

아마 사실일 것이다. 어차피 이 방의 멤버들 중엔 성후를 공격할 수 있는 발화자가 없다. 그리고 분명 어딘가에 하나 이상 박혀 있는 카메라가 이 학살을 기록하고 있었을 것이다.

"성후는 처음부터 엑스스쿼드의 스파이였나? 그걸 너희들은 알고 있었고?"

"아니, 그렇지는 않았어."

켄이 설명했다.

"나한테 야단을 몇 번 맞자 비뚤어진 거지. 녀석은 내가 아미르를 자기보다 더 잘 대우해주는 게 이해가 안 되었던 거 같아. 그래서 나랑 K-포스 모두에게 복수해야겠다고 생각하고 엑스스쿼드를 찾아간 거야. 그걸 엑스스쿼드를 추적하던 아미쿠스의 스파이가 알아내서 어제 우리에게 알려줬어. 하찮은 놈인 줄은 알았지만 이렇게까지 하찮은지 몰랐지."

"녀석이 배반자인 줄 알면서도 나에게 그런 일을 시켰어?"

"소용없다는 건 알았지만 그래도 기회를 주고 싶었어. 네 말은 들을 수도 있으니까. 그리고 네가 그렇게 나서주기라도 해야 우리 작가들이 쓸 재료가 생기지. 그깟 일로 회사를 배반한 생도 이야기를 있는 그대로 발표할 수는 없잖아. 게다가 녀석의 아빠는 심기윤 차관이야. 아들 잃은 아비에게 있는 그대로의 사실을 들려주면 어떤 이야기를 따로 만들어 맞설지 생각해보라고."

이런 이야기를 듣고 있는 아퀼라 멤버들은 심드렁해 보였다. 더 이상 웃음소리도 들리지 않았다. 일상화된 사실 조작에 신물이 났겠지.

처음부터 이렇지는 않았다. 블루스펙터스 초창기 때만 해도 사실은 중요했다. 재미를 위해 양념을 치고 이미지를 미화하고 몇몇 중요한 사실을 감추기도 했지만 사실의 큰 덩어리는 남아 있었다. 하지만 전투와 오락을 구분할 수 없게 되고 회사마다 쌓아놓은 비밀들이 많아지자 사실은 점점 존재감을 잃었다. 이제 사실은 수십 개씩 쏟아져 나오는 이야기 속에서 이렇게도 저렇게도 쓰일 수 있는 재료일 뿐이다. 쟤들은 저런 삶을 사는 게 좋을까. 저게 무슨 의미가 있을까.

문이 다시 열리고 회사 연구원들이 우르르 몰려들었다. 그들은 현장 사진을 찍고 들것으로 시체를 옮겼다. 잠시 뒤엔 회사 작가들이 들어와 멤버들과 인터뷰를 시작했다. 맨 처음에는 사실을 물었고 그다음에는 생각을 물었고 마지막으로는 어떤 이야기를 만들지 말았으면 하는지를 물었다. 아마 아퀼라의 그림자 팀은 이미 성후의 완벽한 CG 모델을 갖고 있을 것이고, 작가들이 이야기를 결정하면 그걸 가지고 지금의 죽음을 설명하는 작은 영화를 만들 것이다. 그리고 그건 공식적인 사실이 되겠지. 그럭저럭 많은 사람이 게으르게 믿는.

찬우는 그들을 방에 남겨놓고 복도로 걸어 나왔다. 중간에 미래와 한자경을 마주쳤지만 알은척도 하지 않았다.

3

블루스펙터스가 최초의 알파히어로 팀으로 선두에 섰다면 K-포스의 두번째 팀인 아퀼라는 이후 나온 모든 알파히어로 팀의 전형이 되었다. 팀원 선정, 훈련 방식, 전투 스타일, 무엇보다 뒤에서 그림자 팀을 운영하는 방식까지. 『알파히어로의 시대』의 저자 클라리스 륭이 냉소적으로 말한 것처럼 아퀼라의 탄생은 모든 거짓말의 시작이었을지도 모른다. 하지만 당시 남한 사람들에게 가해진 극도의 정신적 고통을 생각해보면 그런 거짓말은 당연한 것일 뿐만 아니라 필수적인 무언가가 아니었을까.

찬우가 아파트로 돌아왔을 때는 이미 밤 10시가 넘어 있었다. 소파에 앉아 시버스의 새 뮤직비디오와 컴백 쇼를 보고 나니 11시가 넘었다. 그리고 정확히 11시 11분이 되자 문이 열리고 미라솔이 들어왔다. 비밀번호를 알려준 기억은 없었다. 하지만 미라솔이 그런 사소한 일에 신경 쓸 거라 생각하는 건 오히려 이상했다.

"그림자 팀이랑 인터뷰 안 해도 돼?"

찬우가 말하자 미라솔은 고개를 저었다.

"짧게 끝났어. 우린 아퀼라가 아니야. 우리 이야기의 사실률은 70퍼센트가 넘는다고. 아퀼라나 오리온과 엮이지 않는다면 80퍼센트까지 올라가."

"나머지 20퍼센트는 다 네 것이겠지."

"누군가는 악역이 되어야 하니까."

미라솔은 세니의 사진이 렌티큘러 인쇄된 네모난 플라스틱 조각을 청바지 주머니에서 꺼내 찬우의 배에 떨구었다. K-포스 기념품 가게에서 파는 메모리 저장 장치였다.

"엑스스쿼드 일당 중 하나가 죽은 회장의 금고에서 꺼낸 걸 내가 빼앗았어."

"그 녀석은 어떻게 됐고?"

"하필이면 성후 옆에 있었지. 불타 죽었는지, 죽고 나서 불탔는지는 모르겠어. 그건 회사에서 정해주겠지."

찬우는 메모리 저장 장치를 손가락으로 집어 올렸다. 각도가 바뀌면서 세니의 얼굴은 웃는 표정과 무표정 사이를 오갔다.

"이건 뭐야?"

"'그날' 드론이 성수동에서 찍은 동영상. 다 폐기했지만, 회장이 하나 보관하고 있었어."

찬우가 허겁지겁 소파에서 일어나자 저장 장치는 튕겨나가 소파 밑으로 들어갔다.

"설명할 수 있어."

"그래? 수십 번을 돌려봤지만 답은 하나던데? 세니 선배의 죽음에 책임이 있는 사람은 세훈 선배뿐만이 아니었어. 겁쟁이가 하나 더 있었다고."

"네가 전체 그림을 못 봐서 그래. 그때 내가 나섰다면 모두가 죽었어."

"하지만 세니 선배는 미래 선배를 구하러 나섰잖아. 그때 가장 옆에 있어야 했던 건 누구지? 보호자야. 왜 거기 있지 않았어? 왜 세훈 선배에게 다 뒤집어씌웠어?"

"둘보다 하나가 나았으니까! 내 이미지가 더 좋았으니까! 세훈이는 그래도 변명이 가능했지만 나는 어려웠어. 무엇보다 나를 찍은 드론 영상이 거의 없었어. 이야기를 만들기 좋았지. 그래서 회장이 말했어. 돌이킬 수 없는 일을 크게 만들 필요는 없다고."

"켄 아저씨랑 미래 선배도 알아?"

"몰라. 모를 거야. 잘 모르겠어. 나랑 회장만 아는 일이었어. 그건 내 유일한 실수고 거짓말이었어. 넌 글로우 이야기의 사실률이 70퍼센트가 넘는다고 자랑했지. 우린 90퍼센트야. 나만 따지면 95퍼센트가 넘어!"

"그 5퍼센트의 거짓말 중 하나가 좀 크지 않아?"

"맞아. 커."

"그리고 그건 우리가 하는 모든 거짓말의 시작이었어."

"그렇지는 않아. 그렇지는 않아. 그렇지는 않다고."

미라솔은 소파 밑에서 저장 장치를 꺼내 다시 주머니에 넣었다.

"이제 어떻게 할 거야?"

찬우가 물었다.

"모르겠어. 나도 전략적으로 생각해야지. 회사, 당신 그리고 죽은 회장이 그랬던 것처럼. 무기가 생겼는데 안 쓰는 건 너무 이상하지 않아?"

미라솔은 들어올 때처럼 아무 인사도 없이 나갔다. 찬우는 멍하니 막 닫힌 회색 문을 노려보았다. 몇 분 전까지만 해도 가능할 수 있었던 수많은 해법이 느릿느릿 떠올랐다. 하지만 그것들이 정말 먹혔을지는 알 수 없었다. 찬우는 미라솔의 상대가 안 됐다. 지난 10여 년 동안 누구의 상대도 된 적 없었다. 예쁘게 웃어주고 듣기 좋은 말만 하는 것. 그게 회사에서 찬우의 유일한 역할이었다.

이것도 언제까지 가능할지 알 수 없었다.

찬우는 소파에 누워 눈을 감았다. 블루스펙터스 시절의 영광스러운 기억들이 영화처럼 촤르륵 펼쳐졌다. 그 운명의 날만 오지 않았다면 자랑스럽고 아름다웠을 그 모든 일들. 세훈의 얼굴은 잘 기억나지 않았다. 켄과 미래의 옛 얼굴도 점점 기억하기 어려워졌다. 오로지 세니의 얼굴만 남았다. 우리 중 서른을 넘긴 적 없는 유일한 멤버. 사실률과 회사 작가들 따위에 신경 쓰지 않아도 되었던 유일한 멤버.

세니의 유령이 천천히 찬우에게 다가오고 있었다. 그을음과 피로 얼룩진 유니폼 차림으로. 유령은 서글픈 미소를 지으며 지저분한 왼손을 내밀고 말했다.

이리 와.

넘을 수 없는 4차원의 벽

아밀

나윤은 손이 유난히 작았다. 피아니스트로서는 치명적인 핸디캡이었다. 만약 누가 여덟 살의 나윤에게 너는 일찍 초경을 할 것이고 성장판이 일찍 닫힐 것이고 그래서 열두 살 이후로는 더 이상 키가 자라지 않을 것이고 손도 더 크지 않을 것이라고 알려주었더라면 나윤은 피아노를 포기했을까, 그런 생각을 종종 했다. 그 대신 여덟 살의 나윤이 들었던 말은 "어쩜 그렇게 잘 치니" "신동이구나" "너는 엄마, 아빠가 어떻게든 뒷받침해줄게. 열심히 하렴"이었다.

나윤의 부모님은 아주 윤택하지는 않았지만 그렇다고 재능 있는 외동딸의 레슨비를 지원 못 할 정도의 형편은 아니었고, 자신들이 누리지 못했던 넉넉한 기회를 아이에게만은 쥐여주고 싶어 하는 전형적인 베이비부머 세대였다. 나윤은 자신이 부모님의 기대를 한 몸에 받기에 충분하다고 믿었다. 또래들이 『바이엘』에서 헤맬 때 『체르니 50』을 해치울 만큼 습득력이 좋았고, 다들 지루하다고 하는 『하농』 연습을 절대로 소홀히 하지 않을 만큼 끈기가 있었으며, 음표와 조표가 복잡한 악보도 금방 이해하여 소화했다. 크고 작은 초등부 콩쿠르에서 상을 타 실력을 증명하기도 했다.

하지만 그건 초등학생 때까지의 이야기였다. 예술중학교에 들어가 자신과 비슷한 수준의 피아노 전공생들과 경쟁하는 것까지는 재미있었고 자극도 됐다. 하지만 매사추세츠의 기숙학교에 들어가 잘 안 되는 영어로 기를 쓰고 수업을 들으며 한국, 중국, 일본, 러시아, 우크라이나, 아르메니아, 캐나다, 호주에서 온 아이들과 경쟁하면서부터는 이게 아닌가 싶어졌다. 나윤보다 키가 머리 두 개만큼은 더 크고 손가락도 한 마디는 더 긴 남자아이들은 어떤 곡이든 나윤보다 쉽게, 근사하게 쳤다. 나윤은 억지로 요령을 부려야 겨우 칠 수 있는 9도 이상 화음을 대수롭지 않게 연주하는 것은 물론이고 강약 조절, 터치의 정확성, 집중력과 체력에서까지 모두 나윤을 능가했다. 나윤이 아무리 곡을 잘 분석하고 독해하고 머릿속에서 아름다운 선율을 그릴 줄 알아도 신체적 차이 앞에서 그것은 무용지물이 되었다. 초등학생 때까지만 해도 부모님과 선생님과 친구들의 찬사에 둘러싸이는 것을 당연시하며 자신이 한국을 대표하는 피아니스트가 되리라고 믿었던 나윤은 그렇게 점점 더 뒤로 밀려났고, 뒤로 밀려나다 보니 의욕과 인내심을 잃었고, 의욕과 인내심을 잃다 보니 잘하던 것도 못하게 되었고, 큰 손이 유리한 라흐마니노프나 브람스의 곡들 앞에서는 공포마저 느껴 얼어붙기 일쑤였으며, 급기야 모두의 앞에서 선생님에게 혼나는 처지로 전락했다.

"나윤, 기본적인 암보도 안 되면 연주를 어떻게 하겠다는 거야? 하루에 몇 시간이나 연습하니?"

적어도 여섯 시간은 한다고 말할 수 없어서, 그러기에는 자존심이 상해서, 연습을 못 해 와서 죄송하다고 대답해버렸다. 그러지 않으면 나윤을 두고 그 녀석이 떠드는 말이 사실이라고 인정하게 되어버릴 것 같았다.

"나윤, 걔는 안 돼. 기본적으로 동양 여자애들은 안 돼. 손이 작고 약한 데다 진정한 영혼도 열정도 전통도 없어. 순 빈 껍데기야. 동양 여자애들이 왜 부득부득 미국까지 와서 시간 낭비하는지 모르겠어."

러시아계 미국인인 제프리가 언젠가 파티에서 친구들과 그렇게 말하는 걸 들은 적이 있었다. 나윤은 못 들은 척 지나 갔지만 온몸의 피가 얼굴로 솟구치는 듯했고 그날 집에 가서 펑펑 울었다. 파티에서 맨날 약이나 하는 새끼가. 너한테는 마약이 '영혼'이고 '열정'인가 보지. '전통'은 그 몸에 흐르는 러시아산 보드카가 보장해주기라도 하나 보지. 개새끼. 하지 만 그렇게 욕을 해도 수치심은 사라지지 않았다. 가장 수치 스러운 것은 마음속 깊은 곳에서 자신조차 제프리의 말에 반 박할 수 없다는 사실이었다. 주입식 교육으로 배운 테크닉을 무작정 주워섬길 뿐 예술성은 없는, 조그맣고 연약한 손으로 응접실이나 레스토랑에서 손님들 비위 맞추는 작은 볼륨의 음악이나 연주하는 것이 제격인 동양 여자아이. 그게 정말로 자신인 게 아닐까 두려웠다.

하지만 이런 생각은 독이었다. 연습이 부족한 게 맞을지도 몰랐다. 피아노 앞에 앉아 있는 여섯 시간 동안 오롯이 연습 에만 집중하는 것이 아니었으니까. 딴생각을 하거나 한숨을 쉬며 머리를 쥐어뜯거나 연습할 필요가 없는 곡을 치며 시간 을 흘려보낼 때도 많았다. 나윤은 더 열심히 해야 한다고 스 스로를 채찍질했다. 어쨌거나 자신의 노력 부족을 괜히 작은 손 탓으로 돌리는 것은 못난 생각인 것 같았다. 세상엔 손 작

42

은 피아니스트들도 있다. 라로차도, 호프만도, 바렌보임도, 스크리아빈도 손이 작았다. 충분히 열심히 하면 이겨낼 수 있다. 스트레칭과 옥타브 훈련을 많이 하면 개선이 된다. 약점이 있는 만큼 다른 강점을 더 살리는 방향으로 연습할 수도 있다. 선생님들은 늘 그렇게 말했고 나윤도 그렇게 믿었다.

그 믿음이 무너진 것은 콩쿠르 때였다.

이 학교의 피아노 전공생이라면 누구나 보스턴에서 열리는 주니어 콩쿠르에 참가했다. 나윤도 예외는 아니었다. 세상에, 부모님에게, 제프리에게, 그리고 나윤 자신에게 스스로를 증명해 보일 기회였다. 나윤은 자유곡들을 신중히 골랐고, 지정곡을 꼼꼼히 숙지했다. 예선 지정곡은 바흐의 푸가였고 이후 준준결승, 준결승, 결승에서는 주최 측이 정한 기준에 맞춰 각자 유리한 곡을 선택할 수 있는 여지가 있었다. 나윤은 선생님과의 상담 끝에 최대한 자신 있고 좋아하는 곡들을 골랐다. 쇼팽, 드뷔시, 라벨의 곡들. 독일이나 러시아보다는 프랑스 작곡가들에게 끌렸고 더 잘할 수 있다고 자부했다. 특히 드뷔시를 좋아했다. 멋진 반항아. 자유로운 몽상가. 학교에서 교수들에게 대들고 괴상한 곡을 써대서 악명을 떨친, 파란만장한 연애사로 사교계에 분란을 일으킨 인물. 그가 쓴 곡들은 꿈꾸는 듯 천진하고 햇살에 반짝이는 물결처럼 환상적이었다. 평생 사회의 규격에 맞지 않았던 그는 너무 어린아이 같았던 것이 아닐까. 나윤은 반항아와는 거리가 멀었지만 그래도 그 반짝임이, 기쁨에 찬 아이나 장난기 많은 요정이 뛰노는 것 같은 선율이 좋았다. 나윤은 자신이 드뷔시가 되었다고 생각하며 「기쁨의 섬」을 연습했다. 우아한 트레몰로와 아르페지오로 가득한 곡으로 자신의 섬세한 감각을 유감없이 드러내 보이겠다고 작정하면서.

제프리도 똑같은 곡을 선택했으리라고는 상상하지 못했다.

그러면 당연히 러시아 작곡가를 골랐으리라고 생각했다. 그 잘난 라흐마니노프나 차이콥스키나 무소륵스키 곡이겠거니 했다. 그런데 정말 뜻밖에도 제프리는 준준결승 자유곡으로 드뷔시의 곡을, 그것도 「기쁨의 섬」을 골랐다. 이해할 수 없었다. 왜 평소 노선에서 벗어나는 짓을 하지? 나윤은 그가 혹시 자신의 곡을 미리 알고 일부러 엿 먹이려고 이러는 건가 싶었다.

하지만 제프리가 연주하는 「기쁨의 섬」을 듣고, 그게 아님을 알 수 있었다. 연주를 들으면서 나윤은 자기도 모르게 숨을 죽였다. 심장이 뛰었다. 손끝이 저려오고 코끝이 매웠다.

드뷔시는 바토의 그림 「시테라섬으로의 출항」에서 영감을 받아 이 곡을 썼다. 시테라섬은 사랑을 관장하는 아프로디테 여신이 태어났다고 알려진 곳으로, 연인들이 즐겨 찾는 여행지로 유명했다. 드뷔시는 당시 만나던 유부녀 에마 바르닥과 함께 저지섬으로 비밀 여행을 떠나 황홀한 나날을 보내면서 「기쁨의 섬」을 수정했다. '기쁨의 섬'은 비밀스러운 사랑의 환희와 쾌락이 가득한 곳이었고 드뷔시는 바로 그런 공간을 음악으로 구현했다. 그리고 제프리는 그 음악을 다시 공간 안에 펼쳤다.

간질간질하게 더듬는 듯한 소리들, 스스로 흥분하는 만큼 청중에게도 전해지는 흥분, 피아니시모로 가늘게 떨리는 트릴. 그러다 맥박처럼 높이 솟아오르는 크레셴도, 격정적이고 거친 포르테…… 그리고 숨이 멎는 듯, 오르가슴의 절정에서 뚝 떨어져 내리는 종결.

나윤은 생각했다. 나는 절대로 저렇게 칠 수 없어.

제프리는 아프로디테의 아들 에로스 같았다. 그가 보여준 섬은 에로틱한 낙원 자체였다. 반면 나윤은, 나윤의 「기쁨의 섬」은…… 어린아이의 것이었다.

나윤은 제프리의 마음을 이해했다. 같은 연주자이기 때문에 알 수 있었다. 제프리는 증명하고 싶었던 것이다. 자신이 무엇을, 어디까지 해낼 수 있는지를. 콩쿠르에서 자신이 늘 선보였던 바를 하는 것을 넘어 더 멀리 나가보고자 하는 용기와 대범함을 나윤은 이해했다. 그리고 자신이 졌다는 것을 알았다.

*

콩쿠르가 끝난 뒤 학교로 돌아온 나윤은 한동안 방황했다. 과제도 잘 안 하고 수업도 듣는 둥 마는 둥 했다. 최악의 성적을 받은 날, 나윤은 친구들이 오라고 하는 파티를 마다한 채 혼자 시내를 쏘다니다 허름한 바에 들어가 마시지도 못하는 위스키를 마시고 토했다. 정말 쓰레기 같았다. 멀리 미국까지 와서 부모 돈 낭비하는 쓰레기. 벌개진 눈으로 맹렬한 겨울바람을 맞으며 골목을 걷다 보니 길까지 잃었다. 이제 늘 다니던 길도 잃는구나. 이것이 자신의 인생에 대한 은유인 것 같아서 나윤은 피식 웃었다. 혼자 실실 웃으면서 비틀거리는 동양 여자애를 본 백인 남자 몇몇이 휘파람을 불며 뭐라고 수작을 걸었다. 나윤은 꺼지라고 고함치고 싶었지만 해코지라도 당할까 두려워 입을 꾹 다물고 잰걸음으로 내처 발을 옮겼다.

그러다 어느 허름한 이민자촌에 이르렀다. 오래된 식당, 잡화점, 식료품점 등이 늘어선 길이었는데 간판에 적힌 문자 대부분을 알아보기 어려웠고 지나다니는 사람들의 행색도 그들이 하는 말도 낯설었다. 어지간하면 대강 어디 출신인지 정도는 분간이 될 텐데 전혀 가늠할 수가 없었다. 나윤은 자신이 이렇게까지 무식한가 싶어 어이가 없는 한편 묘하게 마음이 편해졌다. 무서울 만도 한데 이상하게 그렇지는 않았다. 아무도 나윤에게 신경 쓰지 않았고, 이 안에서 나윤은 익명의 존재가 된 기분이었다.

그러던 나윤의 눈에 띈, 알파벳 대문자로 굵게 문구가 적힌 간판이 있었다.

차원의 마녀
상담은 무료입니다.

점쟁이 이름치고는 거창했다. 차원의 마녀라니. 다른 차원에서 온 마녀라는 뜻일까? 별 신기한 것을 다 봤다 생각하고 지나가려다가 걸음을 멈췄다. 다시 간판 앞으로 돌아가 섰다. 지하층으로 이어지는 계단에 화살표가 붙어 있었고 문에 박힌 간유리 판 너머에서 불그스름한 빛이 흘러나왔다. 어쩐지 솔깃했다. 술기운 때문에 대담해져서인지, 이대로 한국에 돌아가 부모님 집에서 면구스러운 방학을 보낼 생각을 하니 절박해져서인지 모르겠지만, 어쨌든 무료라는데 한번 말이나 해보는 것도 나쁘지 않을 듯했다.

나윤은 조심스럽게 문을 열었다. 딸랑이는 종소리와 함께 안에서 한 여자가 나왔다. 할머니가 나올 줄 알았는데 나이 들어 보이기는커녕, 무척 앳되어 보이는 여자였다. 나윤과 같은 또래처럼 보였다. 칼라 달린 줄무늬 티셔츠에 운동복 바지를 받쳐 입은, '마녀'라고 했을 때 떠오르는 옷차림하고는 거리가 먼 모습이었다. 전체적으로 출신을 가늠할 수 없는, 여러 인종이 섞인 듯한 얼굴이었는데, 그렇다 보니 결과적으로 기억에 잘 남지 않는 흐릿한 인상이었다. 그나마 눈에 띄는 것은 오른뺨 위에 있는 커다란 점이었다.

마녀는 어떤 특정한 지역의 것이라고 할 수 없는 억양의 영어로 나윤에게 안으로 들어와 앉으라고 했다. 집 안에 갖추어진 낡고 수수한 가구들 가운데 검은 테이블보가 씌워진 탁자가 눈에 띄었다. 마녀가 탁자 앞 빈 의자를 향해 손짓했다.

"넘을 수 없는 벽 때문에 괴로워하고 있군요."

자리에 앉자마자 탁자 너머의 그를 쓱 훑어본 마녀가 한 말에 나윤은 무너졌다.

누구에게도 한 적 없는 말들을 줄줄 쏟아냈다. 엷은 미소를 띤 마녀의 얼굴이, 다시 볼 일 없을 사람이라는 사실이 나윤의 경계심을 허물어뜨렸다. 정신을 차리고 보니 나윤은 어린 시절 다녔던 동네 피아노 학원 선생님 험담과 중학교 때 처음 사귀었던 남자친구에 대한 원망과 미국에 건너오면서 가졌던 포부와 콩쿠르에 나가서 먹었던 맛없는 칠리 요리 이야기까지 다 하고도 모자라, 13도 음정을 짚을 수 있을 만큼 우악스럽게 손이 컸던 라흐마니노프를 비롯해 큰 손으로 피아노를 만들고 피아노 곡을 써 연주해온, 언젠가 동양 반도에서 자란 조그마한 여자애도 피아노를 칠 날이 올 것이라고는 조금도 생각하지 않았던 모든 위대한 남자들에 대한 분노까지—그 어느 때보다도 유창한 영어로—쏟아낸 뒤였다.

전부 묵묵히 듣고 난 마녀가 처음 꺼낸 말은 이것이었다.

"제가 당신의 손을 크게 만들어드릴 순 없어요."

나윤은 헛웃음을 지었다.

"그야 그렇겠죠."

"당신의 성별을 바꿀 수도, 인종을 바꿀 수도 없어요."

어쩌라는 거지? 그걸 모르고 한 이야기가 아니지 않은가. 눈썹을 추어올린 나윤 앞에서 마녀는 여전히 은은한 미소를 짓고 있었다.

"하지만 당신을 4차원의 존재로 만들어줄 수는 있어요."

이건 또 무슨 소리지?

나윤이 멍하니 쳐다보자 마녀는 노래하는 듯한 목소리로 설명해주었다.

우리 세상은 3차원으로 이루어져 있다. 누구나 3차원 공간 안에서 3차원의 법칙에 따라 움직인다. 피아노도 3차원 입체고, 연주자도 3차원 입체며, 가로와 세로와 높이라는 세 가지 축 안에서 손을 움직여 연주한다. 그런데 만약 나윤이 자신을 둘러싼 공간을 4차원으로 바꿀 수 있다면?

4차원에서는 3차원에서 불가능한 일들이 가능하다. 그중 하나는 몸의 좌우를 반전하는 것이다. 마녀는 나윤의 몸 전체가 아닌 두 손을 둘러싼 차원만 바꾸는, 그래서 두 손만 반전시키는 특별한 능력을 줄 수 있다고 했다. 그러면 나윤의 오른손이 왼손이 될 수 있다. 왼손이 오른손이 될 수 있다. 엄지손가락이 새끼손가락 쪽으로, 새끼손가락이 엄지손가락 쪽으로 뒤바뀔 수 있다.

초등학교 이후로 완전히 놓아버린 수학 이야기가 나오자 나윤은 술기운으로 흐릿한 머리가 더욱 흐려지는 듯했다.

"그러면…… 결국 똑같잖아요. 뭐가 달라지는데요?"

마녀가 자신의 오른손을 테이블 위에 올리고 쫙 펼쳤다.

"자, 이게 제가 최대한 펼친 손이에요. 이렇게 하면 엄지는 왼쪽으로, 새끼는 오른쪽으로 벌릴 수 있죠?"

"네."

"하지만 이렇게 하면 검지, 중지, 약지도 새끼를 따라 오른쪽으로 치우치게 돼요."

"그야……"

"그러면 엄지와 가까운 위치에 있는 건반은 동시에 짚을 수 없어요. 그렇지 않나요?"

뒤통수를 맞은 듯했다.

그렇다. 최대한 억지로 손을 벌리면 10도까지, 즉 도에서 미까지는 짚을 수 있다. 하지만 작은 손을 억지로 벌린 것이다 보니 중간의 여러 손가락을 이용해 다양한 화음을 누를 수는 없다. 그게 문제였다. 하지만 필요에 따라 손의 좌우를 반전할 수 있다면? 누를 수 없었던 음들을 누를 수 있을 것이다.

그뿐만이 아니다. 새끼손가락으로 누르느라 힘이 떨어지는 음을 엄지로 바꿔 누를 수 있다. 순간순간 더 유리한 배치로 손가락을 바꿔서 화음을 누를 수 있다. 그 밖에도 지금으로서는 상상할 수 없는 수많은 변화가 일어날 수 있다. 4차원에서 피아노를 치는 일은 마치 네 개의 손으로 피아노를 치는 듯할 것이다. 온갖 상황에 대처할 수 있는 선택지가 늘어날 것이고, 훨씬 유연하게 손가락을 놀릴 수 있을 것이고, 3차원의 연주자로서는 불가능한 다이내믹하고 화려한 주법을 구사할 수 있을 것이다.

"그런 게 정말로 가능하다고요?"

"네, 가능해요."

마녀는 감자튀김 대신 양파튀김도 가능하다고 말하는 패스트푸드점 직원처럼 태평하게 말했다. 나윤은 입을 어물거리다 천천히 고개를 저었다.

"못 믿겠는데요."

"그러실 수 있죠."

그 순간 더 믿을 수 없는 일이 일어났다. 눈앞에서 마녀의 오른뺨에 있던 커다란 점이 왼뺨으로 옮겨 간 것이었다.

"어?"

"이런 식이에요."

마녀가 그렇게 말하자 점이 제 위치로 돌아왔다.

나윤의 심장이 거칠게 뛰기 시작했다. 두려움 때문인지 설렘 때문인지 알 수 없었다. 나윤이 어렸을 때 꿨던, 이제는 빛이 바랜 꿈들이 총천연색으로 되살아났다. 국제 콩쿠르 석권, 으리으리한 카네기홀에서의 리사이틀, 수많은 관객의 기립 박수, 나윤의 옆얼굴이 커다랗게 박힌 음반, 기자들의 질문 세례, 유명한 지휘자와의 협연, 포옹과 악수……

나윤은 고개를 세차게 내저었다.

아니, 정신을 차리자. 술을 너무 많이 먹은 것이다. 비록 토해서 술기운이 어느 정도 깨긴 했지만…… 아니면 이 여자가 뭔가 사기를 치고 있는 것이다. 만약 저 말대로 된다 하더라도 그게 순조로울 리 없다. 나윤은 동화 속 마녀들의 행적을 떠올렸다. 인어 공주에게 다리를 주는 대신 목소리를 빼앗았던 마녀, 오로라에게 선물이랍시고 영원히 잠드는 저주를 내렸던 마녀……

마녀는 나윤의 생각을 읽기라도 한 듯 담담히 말했다.

"제가 당신에게 바라는 건 비싸다면 비싸고, 싸다면 싼 거예요."

"뭔데요?"

"당신이 3차원에서만 살 때 가지는 모든 가능성."

"가능성……?"

무슨 말인지 이해가 되지 않았다. 가능성이라니. 자신에게 무슨 가능성이 있다는 것인지 몰랐다. 지금의 나윤에게 미래는 불투명하기만 했다. 물론 미래는 누구에게나 닥쳐오니 나윤도 장차 무언가가 되기야 하겠지만, 그 막막한 가능성을 맞바꿔 확실하게 빛나는 가능성을 살 수 있다면 그렇게 하는 게 이득 아닐까.

나윤이 생각하는 동안 마녀는 참을성 있게 기다렸다.

꺼림칙하긴 했다. 나윤의 타고난 조심성이 경계경보를 울리고 있었다. 하지만 여기서 거래를 마다하고 돌아 나간다? 두려움 때문에? 그랬다가는 평생 후회할 것 같았다. 지금 이 순간 놓친 '가능성'을 두고두고 곱씹으며 미련에 젖어 살겠지. 선을 벗어나지 않는, 벗어날 수도 없는 얌전한 동양인 모범생 여자애답게.

나윤은 퍼뜩 고개를 들었다.

"하겠어요."

마녀가 나윤을 지긋이 바라보았다. 그러다 검은 테이블보

위에 팔꿈치를 얹고 몸을 내밀더니 목소리를 낮추고 말했다.

"이 선택은 돌이킬 수 없어요. 정말 하겠어요?"

나윤은 마른침을 삼키고 재차 말했다.

"네, 할래요."

*

나윤은 한국으로 가는 비행기 좌석에 앉아 이리저리 반전되는 손을 가만히 들여다보았다. 혀로 체리 꼭지를 묶거나 손가락 마디를 뒤로 꺾는 일처럼 사소하고도 괴상한 묘기같이 느껴졌다. 아니, 그런 묘기는 남들 앞에서 과시할 수 있기라도 했다. 이건 그럴 수 없었다. 차원의 마녀는 나윤의 행동이 남들에게는 보이지도 이해되지도 않으리라고 말했다. 사람들은 3차원의 시야로 보고 3차원의 사고방식으로 생각하기 때문에, 나윤이 4차원을 다루는 것을 눈앞에 두고도 알아채지 못한다는 것이다.

이상한 기분이었다. 몸의 일부가 투명해진 기분. 남들에게 설명할 수 없는 비밀이 생긴 기분. 나쁘지 않았다. 이제껏 비밀이랄 것이 없는 삶을 살아왔는데 처음으로 인생에 깊이가 생긴 기분이었다.

한국에서 겨울을 보내는 동안 나윤은 전처럼 하루에 여섯 시간씩 연습했다. 하지만 예전과 같은 여섯 시간이 아니었다. 나윤은 연습하는 내내 온전히 집중했다. 아무도 어떻게 쓰는지 가르쳐줄 수 없는, 오로지 나윤 혼자서 터득해야만 하는 새로운 도구를 탐색하고 시험하다 보면 시간이 훌쩍 갔다. 연습하지 않을 때조차도 나윤은 자기 손을 보며 골똘히 생각에 잠기거나 허공에 대고 손가락을 이리저리 놀리곤 했다. 부모님은 나윤이 콩쿠르에서 참패하더니 분발하는 모양이라고 생각하며, 연습에 방해가 되거나 생각의 흐름을 깨뜨리지 않도록 조용히 배려해주었다. 평소 같았으면 부모님의 그런 묵묵한 지지가 고마운 한편 부담스럽고 숨이 막혔을 테지만, 이제는 그냥 그런가 보다 했다. 부모님에 대한 부채감을 생각할 시간이 없었다. 음악에 대한 생각만으로 머리가 터질 것 같았다.

겨울은 금방 지나갔다. 나윤은 시간이 어떻게 흘렀는지 의식하지 못한 채 미국으로 돌아갔고 학기를 시작했다. 동양인 친구들이 고향에서 크리스마스를 어떻게 보냈는지 이야기했다. 제프리는 여전히 거들먹거리며 모스크바의 겨울을 이야기했다. 나윤은 그들 모두를 데면데면하게 대했다. 언제나처럼 피아노 레슨을 받고 화성학과 음악사 수업을 듣고 합주와 세미나를 했다. 그 어떤 친구도, 그 어떤 선생님도, 그 어떤 토론과 세미나도 나윤에게 필요한 것을 정확히 알려주지 않았다. 완전히 혼자가 된 기분이었다.

사람들과 멀어지면서 오히려 악보 속 존재들과 가까워졌다. 나윤은 원래 즐겨 치던 쇼팽, 드뷔시, 라벨의 곡뿐만 아니라 서먹서먹했던 작곡가들의 곡도 다시 보았다. 특히 라흐마니노프에 대해 오래 생각했다. 라흐마니노프는 분명 손이 컸다. 나윤은 그런 라흐마니노프가 크고 위대하고 명망 있는 남성 음악가들과 그들이 만들어온 장중하고 영웅적이고 힘찬 음악 전부를 대표한다고 여겼다. 그런데 그건 잘못된 생각이었다. 라흐마니노프의 손 크기는 비정상적이었다. 사람들은 그것이 마르판증후군이라는 유전 질환 때문이었으리라고 추측했다. 기형적으로 크고 유연한 손과 198센티미터에 달하는 거구. 라흐마니노프가 그런 곡을 쓴 것은 그의 시야에 세상이 그렇게 보였기 때문이고, 그것은 일반적인 남성의 시야와는 달랐다. 지극히 독특하고 고유한 그만의 세계였다. 그는 자신이 만든 「피아노 협주곡 3번」을 절친한 친구였던 호프만에게 헌정했지만, 호프만은 자신의 손 크기로는 연주할 수 없다고 거절했다. 라흐마니노프는 지음에게도 온전히 이해받지 못한 것이다. 뿐만 아니라 세간의 비웃음과 혹평을 샀고, 그 여파로 지독한 우울증에 빠져 아무 곡도 쓰지 못하고 세월을 흘려보내기도 했다.

나윤은 라흐마니노프의 곡들을 연습하기 시작했다. 손의 크기 자체가 커진 것은 아니었으므로 여전히 절대적 한계는 있었다. 하지만 강세, 초점, 접근 방식 그 모든 게 달라졌다. 숨 가쁘게 달려 나가는 빠른 선율, 손가락을 4차원 공간에서 자유자재로 구사하며 화려한 화음을 전개하는 과정에서 그동안 몰랐던 재미를 깨달았다. 이게 이런 곡이었구나, 이런 아름다움이 있었구나 하는 순간들의 연속이었다. 하지만 그만큼 혼란스럽기도 했다. 이걸 '이런 곡'으로 해석해도 되는 건지, '이런 아름다움'을 발견하는 게 맞는 건지 확신할 수 없었다. 치는 방식이 달라지니 당연히 표현도 달라졌는데, 이것이 과연 작곡가의 의도에 부합한다고 할 수 있는지 의문이었고, 3차원만 알고 있는 사람들의 귀에 어떻게 들릴지도 알 수 없었다.

음악이란 무엇일까? 근본적인 의문이 나윤의 머릿속을 사로잡았다. 4차원의 존재가 됨으로써 피아노를 더 잘 치게 될 줄로만 알았는데, 이건 단순히 그런 문제만은 아닌 것 같았다. 피아노를 대하는 자세, 피아노의 의미, 피아노에 대한 열정. 그 모든 것이 재구성되었다.

친구들이 나윤을 두고 수군거렸다. 너 무슨 일 있어? 요즘 좀 이상해. 선생님들은 나윤의 연주를 듣고 묘한 표정을 지었다. 어떤 선생님은 그렇게 하면 안 된다며 고개를 저었고, 어떤 선생님은 실력이 확 늘었다고 칭찬했다. 나윤은 그들이 제각각 다른 반응을 보이는 것이 혼란스러웠다. 이 혼란 속에서 스스로의 주관을 세우고 끈기 있게 나아가려면 어떻게 해야 할지 갈피가 잡히지 않았다.

그렇게 순식간에 봄이 지나가고 여름을 거쳐, 가을이 돌아왔다. 텍사스에서 4년에 한 번씩 열리는 C 콩쿠르의 지원 접수가 시작되었다. 지난해 참가했던 주니어 콩쿠르와는 달리 나이 불문 전 세계 피아니스트를 대상으로 하는 명망 높은 대회였다. 나윤은 참가하기로 결정했다. 전처럼 쇼팽과 드뷔시의 곡을 골랐다. 하지만 결승전에서 선보일 곡은 라흐마니노프의 「피아노 협주곡 2번」이었다. 같은 한국인 친구인 경현이 오케스트라 파트 피아노를 맡아 연습을 도와주었다. 경현은 나윤의 연주를 듣더니 아연한 얼굴로 물었다.

"한국에서 무슨 일 있었어? 갑자기 다른 사람이 된 것 같아."

"그래?"

나윤은 미소 지으며 그렇게만 되물었다.

"잘하기는 하는 것 같은데, 괜찮겠어? 소문이……"

"괜찮아. 소문일 뿐이잖아. 진짜인지 아닌지도 모르고."

소문에 따르면 제프리의 숙부인지 백부인지인 지휘자가 이번 콩쿠르의 심사위원장과 결승전 지휘를 맡는다고 했다. 제프리가 직접 그런 말을 흘렸다면, 그의 우승은 따놓은 당상이었다.

"그리고 설령 그게 사실이래도 포기하고 싶지 않아. 그 지휘자가 제대로 된 음악가라면 공정하게 평가하겠지. 만약 그렇지 못하다면, 그것도 운이고."

경현이 눈을 껌뻑거렸다.

"너 정말 변했다."

나윤은 건성으로 대꾸하며 피아노 뚜껑을 닫았다.

"글쎄. 저번 콩쿠르가 많은 교훈이 됐던 것 같아."

"그러면 다행이지. 너 멘탈 나간 게 보여서 걱정 많이 했는데, 그래도 금방 털었나 보다."

물론 그때의 방황과는 다르지만 나윤의 '멘탈'은 지금도 방황 중이었다. 어떻게 생각하면 오히려 더 복잡한 문제를 떠안은 것 같기도 했다. 손은 여전히 작고, 어떻게 다뤄야 할지 알 수 없는 능력만 새로 얻은 셈이니까. 다시금 라흐마니노프를 생각했다. 라흐마니노프가 세간의 몰인정과 혹평에서 비롯된 우울증을 극복한 데에는 정신과 의사인 니콜라이 달 박사의 도움이 컸다. 나윤이 결승곡으로 고른 「피아노 협주곡 2번」은 그가 우울증에서 벗어난 뒤 처음 쓴 곡으로, 달 박사에게 헌정한 것이다. 이 곡에는 재기를 향한 야심과 그간 억눌렸던 창조력이 가득 넘쳤다.

그 힘에 압도당하지 않을 수 있을까? 그 의도를 제대로 해석하고 음들을 통제할 수 있을까?

나윤은 다시 피아노 뚜껑을 열었다. 지금 나윤을 고민하게 하는 건 그런 것들이었다. 심사위원이 누구인가 하는 문제가 아니라.

길고 긴 서류 접수와 사전 오디션을 거쳐 본격적인 콩쿠르가 시작되었다. 참가자들은 오리엔테이션을 받았다. 제프리가 나윤을 보고 쟤는 뭘 또 기어이 여기까지 왔나 하는 눈빛을 던졌다. 나윤은 입술을 깨물며 그 시선을 맞받았다.

나윤은 침착하게 예선 곡을 연주했다. 가뿐히 통과. 준준결승에서는 쇼팽의 에튀드를 쳤다. 늘 치던 곡이었지만 4차원으로 주법을 바꿨다 보니 실수하지 않을까 마음을 졸였는데, 다행히 클린이었다. 잘 통제했다. 통제…… 하지만 통제가 문제가 아닌 것 같았다. 어쨌든 통과는 했지만 나윤은 무언가 중요한 것을 빠뜨리고 있다는 불안감을 느꼈다. 무엇이 문제일까?

준결승에서는 지난번에 고배를 마셨던 「기쁨의 섬」을 연주했다. 과거의 아픔을 설욕하려는 의지로 선곡한 것이었지만 의외로 자기 자신과 싸우지는 않았다. 그때와는 입장이 완전히 달라졌고 예전에 쳤던 방식은 상기할 필요도 없었다. 다만 드뷔시와 싸우는 느낌이었다. 나윤은 드뷔시와 황홀한 사랑에 빠졌다가 환상에서 깨어나 이제 그와 시시콜콜한 문제로 말싸움을 하는 연인이 된 것 같았다. 신경이 한없이 날카로워졌고 시간은 걷잡을 수 없이 빠르게 흘러갔고 시간 속에 소리를 어떻게 쪼개 넣느냐로 드뷔시와 실랑이를 벌이다 보니 어느새 연주가 끝났다. 그리고 헛헛한 격정의 여운과 진 빠진 기분만이 남았다.

결과는 통과였다. 기뻤지만, 왜 통과했는지 이해가 되지 않았다. 무엇을 연주했는지 모르겠다는 느낌이었다. 또다시 불안했다. 결승전을 앞둔 긴장감과 겹쳐져서 더더욱 그랬다. 심사위원들은 뭘 보고 나윤을 뽑아 올리고 있는 것일까? 제대로 보고 듣고 있기는 한 것일까? 편법을 쓰고 있는 기분이 들었다. 4차원을 다루는 능력은 나쁜 것일까? 정정당당하지 못한 것일까? 주요 심사위원과 혈연관계라는 점을 이용하고 있다는 제프리보다 더?

제프리도 결선에 진출한다는 소식을 들었다. 신경 쓰고 싶지 않았지만, 그가 라흐마니노프의 「피아노 협주곡 3번」을 연주한다는 소식을 듣고 부담을 느끼지 않을 수 없었다. 3번은 악명 높은 난곡이다. 웬만한 연주자에게는 극도로 불리한, 유별난 자신감이 있지 않고서야 선택할 수 없는 곡이다. 그 자신감이 부러웠다. 나윤에게는 그만한 자기 확신이 없었다. 어떻게 확신을 가질 수 있겠는가? 나윤이 하는 모든 것이 처음인데? 그렇게 나윤은 준비가 덜 된 기분으로 결승 무대에 올랐다.

어둑한 통로를 천천히 걸어 나와 환한 조명을 맞닥뜨리자 오케스트라 단원들과 지휘자가, 그다음으로 관객들이 보였다. 지휘자는 나윤도 아는 사람이었다. 제프리의 친척이 맞았다. 그는 근엄한 얼굴로 나윤을 내려다보고 있었다. 나윤은 그 앞에서 위축되지 않으려 애쓰며 몸을 꼿꼿이 세웠다. 망사 소재로 된 드레스에서 나는 바스락 소리가 신경에 거슬렸고 허리가 조였다. 왜 여자들은 무대에서 불편한 드레스를 입어야 하는 건지 알 수 없었다. 나윤은 옷도, 지휘자의 카리스마도, 관객들의 시선도 생각하지 말고 오로지 오케스트라와 함께 맞춰나가는 음악에만 집중하자고 스스로를 다잡았다.

장내가 고요해졌다. 지휘자가 지휘봉을 휘두르기 시작했다. 처음엔 아주 조용하게. 낮고 어두운 2분음표 화음의 반복. 서서히, 서서히 강하게 고조하기. 그리고 아르페지오. 합류하는 관현악의 1주제. 점점 파도처럼 일렁이며 이어지는 흐름…… 나윤은 그 흐름과 맞서 싸우며 중심을 잡아나가려 안간힘을 썼다. 헤아릴 수 없이 많이 들여다본 음표들이 눈앞에 펼쳐졌다. 나윤은 음 하나하나를 숨 가쁘게 해치우듯 건반 위를 질주했다. 진행은 되었다. 실수는 없었다. 그러나 이대로 3악장까지 버틴다는 건 말이 안 되는 짓처럼 느껴졌다. 이런 식으로는 안 된다. 안 된다…… 비올라와 선율을 주거니 받거니 하면서 머리가 터질 것 같았다. 모든 악기에게, 모든 관객에게, 지휘자에게 진정한 자기 자신을 숨기면서 억지로 무언가를 내보이고 있는 것 같았다.

그렇게 클라이맥스로 치달았다. 수많은 악기가 가세하며 격정적인 폭풍이 일어났다. 더 이상 거부할 수 없었다. 도저히 더 이상은 버틸 수 없었다. 나윤은 사력을 다해 가로막고 있던 문에서 몸을 떼어냈다. 그러자 문이 쾅 열리고 해일이 쏟아져 들어왔다. 이제 끝장이다. 끝장이다……

그런데 놀랍게도 끝이 아니었다.

아니, 정확히는 1악장의 끝은 맞았다. 다만 2악장이 시작되었다. 클라리넷이 꽃처럼 피어나며 서정적인 선율을 연주했다. 플루트에 넝쿨처럼 휘감기는 피아노를 손끝으로 느끼며 나윤은 생각했다.

통제할 수 없구나.

애초에 통제할 수 없는 것이었다. 작곡가의 의도를 완전히 재현할 수는 없고 그래서도 안 되는 것이었다. 이것은 라흐마니노프를 깊이 '오해'하는 동시에 자기 자신을 이해하는 일이었다. 역사를 뛰어넘어 누군가와 연결되기 위해서는 오롯이 혼자가 되어야 했다. 왜냐하면 그 누구도 나윤처럼 라흐마니노프를 친 적도, 칠 수도 없기 때문이다. 당연한 일이다. 모든 사람의 지문이 다르듯 모든 피아니스트는 저마다 다른 연주를 한다. 그 당연한 사실을 이제야 비로소 깨달았다.

그때부터 나윤은 더 이상 파도에 저항하지 않았다. 파도에 몸을 맡겼다. 4차원이 나윤을 데리고 가는 곳으로 따라갔다. 그곳에는 아름다움이 있었다.

눈 깜짝할 사이에 20여 분이 흘러갔다. 나윤은 자신이 더 이상 세상에 존재하지 않는 것 같으면서도 그 어느 때보다도 자신의 몸이 예리하게 감각되는 듯한 기이한 느낌에 사로잡혔다. 마침내 모든 것이 끝난 순간, 짧은 정적 속에서 지휘자가 천천히 지휘봉을 내렸다. 그리고 나윤을 보며 빙그레 미소 지었다.

*

C 콩쿠르 우승자에게는 빛나는 명예와 큰 상금이 주어진다. 나윤이 꿈에 그렸던 순간이었는데 이상하게도 실감이 나지 않았다. 그보다는 더 내밀한 기쁨에 젖어 있었다. 짧다면 짧고 길다면 긴 그간의 생애 동안 자신을 억눌렀던 무언가를 비로소 돌파했다는 기쁨. 음악이 무엇인지 알게 되었다는 기쁨. 혼자만의 기쁨으로 충만한 나윤은 제프리의 분노에 찬

표정을 봐도 통쾌하지 않았다. 경현을 비롯한 친구들의 진심 어린 축하는 고마웠지만 그들이 무엇을 축하하는지 모르고 있다는 생각이 들었다. 자기 일처럼 기뻐하는 부모님도 마찬 가지였다. 다만 부모님의 빚을 갚을 수 있게 되어 다행스러 웠다. 지금까지의 빚이나마 청산해야 앞으로 가벼운 마음으로 쭉 음악을 할 수 있을 테니까. 오래오래.

그런데 그때 나윤은 오래 음악을 한다는 것의 의미가 무엇인지 미처 몰랐다.

＊

여러 나라의 언론이 나윤을 조명했다. 특히 한국이 그랬다. 기자들은 나윤을 한국이 낳은 신동이라고 수식하며 추어올렸고, 각종 예능 프로그램 섭외가 들어왔다. 멍청한 질문들이 쏟아졌다. 연애는 해봤느냐라든가, 콩쿠르에 나가기 전 청심환은 먹었느냐라든가, 같은 학교 라이벌과 함께 결승에 진출했다던데 콩쿠르 이후로 어떤 관계를 유지하고 있느냐라든가 하는. 나윤은 그들에게 매몰차게 답했다. 아예 답변을 거부하기도 했다. 그들은 자극적이고 재미있는 이야깃거리를 찾고 있었고, 나윤은 거기에 장단을 맞춰줄 시간이 없었다.

나윤은 유명한 음대에 진학했고 대학에 다니면서는 더 유용하게 시간을 쓸 수 있을 줄 알았다. 그런데 의외로 그렇지 않았다. 미국의 음대라고 해서 한국보다 훨씬 열려 있고 유연한 것이 아니었다. 교수들은 경직되어 있었고 학생들은 수준이 낮았다. 한 교수는 나윤에게 C 콩쿠르에서 우승했다고 잘난 척하지 말라며, 다시 배워야 할 점이 한두 가지가 아니라고 질책했다. 나윤은 그 자리에서 박차고 일어나 강의실을 나가버렸다. 나윤은 이곳의 교수들 모두 3차원의 존재일 뿐이고, 더 높은 차원에 있는 자신을 그들이 가르칠 수는 없다는 결론에 이르렀다. 오만하다는 건 알았지만 어쩔 수 없었다. 그것이 사실이었으니까.

나윤은 부모님의 반대를 무릅쓰고 대학을 그만뒀다. 부모님의 의사를 정면으로 거스른 것은 난생처음이었다. 하지만 쓸데없는 일에 시간을 허비하고 싶지 않았다. 나윤은 이미 세계 무대에 데뷔했고 몇몇 기관과 단체의 러브 콜을 받았다. 배움이라면 협연과 실무를 통해 얻고 싶었다.

그런데 업계에서의 경험도 뜻밖이었다. 인상 깊은 점이 없지는 않았다. 나윤은 여러 훌륭한 지휘자와 연주자 들을 만났다. 낮은 차원이라는 제약 속에서도 그들은 각자의 개성과 방법론을 갖추고 뛰어난 표현을 보여주었다. 하지만 그들이 가는 길과 나윤이 가는 길은 어차피 너무 달랐다. 그들의 방식을 따라 할 수 없었고 그래서도 안 되었다. 뿐만 아니라 업계가 돌아가는 구조에서도 납득이 안 되는 점이 너무 많았다. 결국 실력과 예술성이 가장 중요한 것이어야 할 텐데, 부차적인 논리가 더 크게 작용하는 순간들이 있었다. 예를 들면 인격적 평판이 그랬다. 나윤은 자신이 거만하고 독단적이고 지나치게 예민하다는 평가를 받고 있다는 것을, 자신을 싫어하는 기자와 교수와 옛 동기 들이 그런 식으로 말하고 다닌다는 것을 알게 되었다. 나윤은 자신과 함께 일하기 싫어하는 사람들 때문에 공연 섭외에서 배제되기도 했고, C 콩쿠르 우승자임에도 스튜디오 음반 계약이 계속 성사되지 않기도 했다. 이 역시 자신의 안 좋은 이미지 때문이라는 것을 뒤늦게 깨달았다. 겨우 계약을 하기는 했지만 피아노 상태가 마음에 들지 않아 몇 번이고 녹음을 미뤘다. 4차원 연주를 최상의 컨디션으로 녹음하기 위해서는 그에 걸맞은 조율이 필요한데, 사람들은 자신의 요구를 이해하지 못했다. 레이블 관계자들은 나윤이 '동양 여성 연주자답지 않다'며 혀를 내둘렀다.

동양 여성 연주자다운 것이 대체 무엇일까? 그렇다고 고국인 한국에서 나윤을 환영하는 것도 아니었다. 냄비 근성의 나라답게, 나윤의 대외적 활동이 진전되지 않자 관심은 금방 수그러들었다. 게다가 유럽에서 열린 다른 콩쿠르에서 나윤만큼 젊은 한국인 남성 피아니스트가 우승하자 스포트라이트는 그쪽으로 옮겨 갔다. 그 피아니스트에게는 순식간에 수많은 여성 팬이 생겨나 인터넷상에서 센세이션이 일어나고 공연이 몇 초 만에 매진된 반면 나윤의 공연은 모객이 잘 되지 않았다. 어떤 기자는 나윤의 스타일이 '한국 정서에는 맞지 않는다'고 평했다.

그렇게 몇 년이 흘러갔다. 아슬아슬하게 커리어를 이어나가면서 나윤은 세 명의 남자를 사귀었다. 모두 곱상한 얼굴과 밝고 유쾌한 성격을 가진, 음악과는 관련이 없는 남자였다. 나윤은 그들이 자신을 이해해주기를 기대하지는 않았고 다만 지친 마음에 휴식이 되어주기를, 피아노를 계속할 수 있는 뒷받침이 되어주기를 바랐다. 그들과의 섹스를 통해 쾌감과 활력을 얻고 싶었고 음악 외의 삶에 대한 대화로 자극과 영감을 얻고 싶었다. 하지만 나윤의 연애는 그런 식으로 풀려주지 않았다. 처음에는 나윤을 사랑한다고 말하던 남자들이 하나같이 나윤을 배신했다. 첫번째 남자는 나윤의 '잘난 척'에 기가 질린다며, 너 같은 여자는 연애하지 말고 평생 음악이나 하라는 말을 남기고 떠났다. 두번째 남자는 나윤이 불확실하고 스트레스만 주는 피아노를 그만두고 자신과 결혼해 아이를 낳고 '정착'하기를 바랐기 때문에 나윤이 먼저 이별을 고했다. 세번째 남자는 섹스할 때 몰래 콘돔을 빼고 사정했고, 덜컥 임신해버린 나윤은 분노하며 그를 찼다.

그따위 남자와 결혼할 생각은 추호도 없었으므로 헤어지긴 했지만, 아이는 고민되었다. 아이를 키우면서 연주자로 활동하는 것이 쉽지 않으리라는 것을 알면서도 나윤은 불안감을 느끼고 있었다. 자신이 3차원의 세계에서, 보통 사람의 삶에서 너무 멀어지고 있는 것이 아닐까 하는 불안이었다. 음악은 결국 인간의 삶에서 비롯되는, 인간이 만든 예술이므로 인간의 삶에 봉사할 의무가 있다. 나윤은 자신이 인간성이라는 것을 이해하지 못하는 게 아닌가 두려웠다. 사람들로부터 끊임없이 소외되고 배신당하는 경험도 지겨웠다. 자신이 조건 없이 사랑해줄 수 있는, 그리고 그런 사랑을 되돌려받을 수 있는 존재를 하나쯤은 갖고 싶었다. 그래서 아이를 낳았다.

딸이었다. 딸에게 선예라는 이름을 붙였다. 선예를 키우면서 나윤이 목표로 삼은 것은 평범하게 자라도록 하는 것이었다. 특별하고 훌륭한 사람이 되어야 한다는 강박 없이, 그저 주변 사람들과 어우러지며 자라기를. 그러나 그 목표를 이루기는 쉽지 않았다. 바쁜 데다 개성 강한 어머니 밑에서 선예는 이리저리 튀었다. 유치원생 때부터 선생님 말을 듣지 않고 말썽을 피웠으며, 초등학교에 들어가면서부터는 친구들과 합심해 다른 아이를 따돌리고 괴롭혀 나윤은 몇 번이고 학교에 불려 갔다. 어려웠다. 피아노보다 아이 키우는 것이 훨씬 어려웠다. 나윤은 선예에게 무엇이 나쁘고 무엇이 옳은지, 선이 세상에 왜 필요하며 그것을 우리가 왜 갖추고 살아가야 하는지 가르치고 싶었지만 세상은 선하게 돌아가지 않았다. 더구나 나윤의 직업은 세상을 더 좋은 곳으로 만드는 데에 아무런 기여도 하지 못하는 것 같았다. 전쟁, 기아, 인권 유린, 환경 파괴, 기후 위기와 음악이 대체 무슨 상관이란 말인가? 이 끔찍한 세상에서 음악을 한다는 건 무슨 의미가 있나? 주위에는 폭력이 가득한데 음악은 그 폭력을 중단시키기는커녕 견딜 만하게끔, 도리어 지속되게끔 하는 도구인 것 같았다.

사십대에 접어든 나윤은 음악을 그만두고 싶어졌다. 그러나 배운 것이 음악뿐이었기에 피아노 전공생들을 가르치는 일 외에는 아무것도 할 수 없었다.

어느 여름, 한 여학생이 나윤에게 찾아와 레슨을 청했다. 방음실 문을 살짝 열기만 하면 요란한 매미 울음소리가 귀청을 때리던 오후였다. 여학생은 나윤 옆에 앉아 쇼팽의「환상폴로네즈」를 쳐 보인 다음 결연한 표정으로 자신도 나윤처럼 손이 작아도 좋은 피아니스트가 되고 싶다고 말했다. '좋은 피아니스트'가 어떤 것인지 깊이 생각해본 적도 없거니와, 나윤이 얼마나 '좋은 피아니스트'인지 진정으로 알지도 못할 아이였다. 나윤은 대중에게 잊힌 피아니스트였다.

그 아이의 작은 손을 내려다보며 나윤은 젊은 시절, 비록 미래는 불확실했지만 세상 모든 것이 명확한 논리로 분별될 수 있으며 자신에게는 분명한 목표가 있다고 믿었던 시절 만났던 차원의 마녀를 생각했다. 그는 지금쯤 무엇을 하고 있을까. 마녀여도 나윤처럼 나이를 먹었을까. 나윤에게서, 그외의 여러 고객에게서 얻은 가능성을 가지고.

넘을 수 없는 벽이란 무엇이었을까. 나윤은 불현듯 그런 생각을 했다.

깡총

이산화

조준경 너머에서 토끼 한 무리가 풀을 뜯고 있었다.

열댓 마리 모두 어디에나 흔한 굴토끼였다. 복슬복슬한 회갈색 털에 덮인 둥글고 통통한 몸, 새까만 눈과 쫑긋 세운 귀, 짤막하게 톡 튀어나온 꼬리, 쉼 없이 오물거리는 조그만 입까지 무엇 하나 토끼답지 않은 구석이 없는 그런 토끼. 잡초가 드문드문 웃자란 버려진 목장에서 토끼들은 따사로운 오후의 햇볕을 쬐며 제각기 식사를 즐겼고, 때로는 무엇이 그리 신나는지 저들끼리 이리저리 뛰놀기도 했다. 자신들을 노리는 위협의 존재를 인지하지도 이해하지도 못하는 한없이 순진무구한 모습으로. 멀찍이 떨어진 헛간 그늘에 몸을 숨긴 채, 라일리 맥그리거는 한동안 그 광경을 소총으로 가만히 겨냥하고만 있었다. 너덜너덜한 위장 무늬 재킷 사이에 드러난 피부가 바람을 가만히 받아냈다.

그러다가 바람의 방향이 돌연 뒤바뀐 순간, 라일리는 즉시 호흡을 멈추고 방아쇠를 힘주어 당겼다. 천둥 같은 총성이 마른공기를 갈가리 찢었다. 그와 함께 무리 중에서 가장 몸집이 큰 토끼가 풀썩 쓰러졌고, 나머지 토끼들은 총성에 놀라 일제히 깡총깡총 뛰어올랐다. 목장 곳곳의 공기를 아지랑이처럼 일그러뜨리면서, 뾰족뾰족한 오색 불빛을 사방에 튀기면서. 공중에 뜬 토끼들의 몸이 빛 속으로 빨려 들어가듯 순식간에 사라졌다. 잇달아 날아온 총알 몇 개가 소득 없이 허공을 갈랐다. 그제야 조준경에서 떨어진 라일리의 시선 맨 끝에서는 이미 자그마한 섬광들이 머나먼 황무지를 향해 우르르 깜박이며 도망치는 중이었다. 죽은 토끼 단 한 마리만을 목장에 덩그러니 버려둔 채로.

*

라일리가 기억하는 한 토끼들은 언제나 저런 존재였다. 작고 연약한 초식동물. 그러나 깡충 뛰어올라 단번에 까마득한 거리를 도약할 수 있는 유일한 동물. 울타리를 넘고 바다를 넘어 감자도 토마토도 소에게 먹일 풀도 하룻밤 사이에 모조리 갉아 먹고 허공으로 사라지는 털 달린 재앙. 대기근의 원인이자 인류 문명이 직면한 미증유의 위협.

하지만 자신이 태어나기도 전의 먼 옛날에는 토끼들이 그렇지 않았다는 사실 또한 라일리는 잘 알고 있었다. 이 황량한 최전방에서 토끼를 연구하는 과학자이자 라일리의 고용주인 웬디 산드렐리 덕택이었다. 산더미처럼 쌓인 논문과 노트 무더기로 발 디딜 틈이 없다시피 한 오두막에서, 웬디는 언제나 둥근 안경알 너머로 눈을 반짝이며 질문 하나마다 기나긴 대답 수십 가지를 우르르 쏟아내주었다. 잔뜩 상기된 얼굴로, 열의에 찬 목소리로.

"녀석들이 처음 나타난 곳은 호주였다고 해요. 수도에서 공부하던 시절 옛날 신문을 뒤지다가 우연히 읽었어요. 기록에 따르면 적어도 수십 년 전부터, 호주의 토끼 사냥꾼들 사이엔 다가가자마자 깡충 뛰어 사라지는 이상한 토끼에 대한 소문이 널리 퍼져 있었던 것 같아요."

그때는 단지 우스운 헛소문이라고만 여겨졌다고 웬디는 덧붙였다. 굴토끼의 타고난 습성에 아주 자그마한 변이가 일어나 깡충 뛰어오르는 힘과 각도가 미세하게 바뀌면 그것이 우연히도 공간의 틈새를 비집고 들어가기에 정확히 알맞은 물리량이 된다는 사실을 당시에는 누구도 미처 파악하지 못했다면서. 하지만 누군가가 파악했든 아니든 벌어진 일은 벌어진 일이다. 그 이후의 전개는, 웬디의 표현을 빌리자면 '자연선택 법칙의 당연한 귀결'이었다.

"생존에 유리한 형질을 지닌 개체일수록 더 잘 살아남아서 많은 자손을 남기고, 그렇게 해서 형질이 개체군 전체로 퍼져 나가요. 그게 반복되는 거예요. 조금이라도 더 생존에 유리한 형질이 계속 선택되면서, 수를 불리면서…… 이해하겠어요, 라일리? 자연계 어디에서나 일어나는 일이에요. 우리가 아는 생물학의 가장 근본적인 원리기도 하고요."

마침 호주는 원래부터 토끼와 기나긴 전쟁을 벌이던 나라였다. 1895년에 영국 출신 목축업자 토머스 오스틴이 사냥을 즐기려고 들여온 토끼 스물네 마리가 너무 적응을 잘하는 바람에 수가 어마어마하게 불어나서 농장들이 큰 피해를 봤기 때문이다. 이에 호주 정착민들은 해마다 토끼 수백만 마리를 총과 갈퀴와 덫으로 사냥하기에 이르렀으며, 농지를 지키기 위한 수천 킬로미터 길이의 울타리도 세웠다. 조금이라도 더 높이, 더 멀리, 더 잘 뛰는 토끼만이 살아남아 자손을 남길 수 있는 극한의 환경인 셈이었다. 그런 환경에서 까마득하게 멀리 뛰어 총도 갈퀴도 간단히 피하고, 사람 키보다 높은 울타리도 훌쩍 넘어 맛 좋은 농작물을 마음껏 먹어치울 수 있는 변이는 지나치게 유리했다. 살아남기에도, 자손을 남기기에도.

공간을 뛰어넘는 수억 마리의 토끼 떼가 호주 땅 전체를 초토화하기까지는 고작 몇 년밖에 걸리지 않았다. 그렇게 식량이 동나자 토끼의 대다수는 굶어 죽었지만, 오랜 전쟁 속에서 남들보다 더 멀리 뛸 수 있도록 진화한 토끼들에게는 여전히 생존의 기회가 있었다. 섬을 타고 바다를 훌쩍 뛰어넘어 뉴질랜드와 파푸아뉴기니로, 남아메리카와 인도로, 모든 대륙으로 우르르 넘어가 다시 새끼를 낳고 수를 불려 재앙을 불러올 기회가. 세계의 농업과 축산업을 단번에 무너뜨린 '토끼 대기근'은 그렇게 시작되었다. 그리고 수십 년째 끝날 기미라고는 조금도 보이지 않았다.

＊

그러나 인류는 아직 무너지지 않았다. 아이들이 굶주리고 노인들이 떼로 죽어나갔을지언정 문명 그 자체는 여전히 버티고 있었다. 오래전 버려진 황무지에서 총을 들고 토끼를 사냥하는 라일리 맥그리거의 존재가 바로 그 증거였다. 바람이 한층 거세게 불어오는 가운데, 라일리는 소총을 쥔 채 헛간 그늘을 빠져나와 황야를 힘껏 달리기 시작했다. 낡은 군화가 땅을 박차자 누런 흙먼지가 일었다. 쓰러져 삭아가는 나무 울타리와 말라버린 지 오래인 소뼈가, 토끼를 잡아 오면 포상금을 주겠다는 기한 지난 전단이 걸음마다 짓밟혀 바스러졌다. 멀리서 깡총이는 섬광과 흔들림 없는 풍향이, 무엇보다도 살의에 찬 지성이 그 질주를 나침반처럼 인도하고 있었다.

토끼가 아무리 멀리 뛸 수 있다고 한들 사냥할 방법이 없는 건 아니었다. 자연선택은 놈들의 덩치를 곰만큼 키우지도 않았고 살을 뜯는 송곳니를 길러주지도 않았다. 놈들은 여전히 위협으로부터 도망치는 것밖에 하지 못하는 겁쟁이 짐승이었다. 총성을 들으면 무작정 깡총 뛰기부터 하고, 바람을 타고 전해진 사냥꾼의 냄새를 맡으면 더욱 혼비백산해 반대 방향으로 우르르 몰려간다. 라일리가 총을 쏘기 직전에 바람의 방향을 확인한 것은 그 때문이었다.

고개를 들어 앞을 본 라일리의 시야 정중앙에 검고 굵은 가로선이 비쳤다. 광활한 황무지를 동서로 가로지르는 거대한 장벽이었다. 이 거리에서는 아직 삐죽삐죽한 톱니 모양으로밖에 보이지 않았으나, 라일리의 머릿속에는 가까이서 마주한 벽의 진짜 형상이 이미 생생히 그려지고 있었다. 지극히 복잡하고도 정교한 격자 꼴로 엮어서 사람 키보다 한참 높이 쌓은 철근 더미에 콘크리트를 부어 고정한, 수학자의 가장 깊은 꿈속에서 튀어나온 것만 같은 기묘한 구조가 좌우 어느 방향을 보나 끝없이 규칙적으로 이어지는…… 그 아름다움! 그 장엄함! 상상만으로도 라일리의 가슴은 세차게 뛰었고 손바닥에는 땀이 차올랐다.

그것은 단순한 장벽이 아니었다. 멸망을 목전에 둔 인류가 온 힘을 다해 쌓아낸 최후의 방어선이자 문명의 보루였고, 지성 없는 짐승 무리에 맞서 싸우는 지성의 상징 그 자체이기도 했다. 라일리는 바로 그곳까지 토끼 무리를 몰아갈 작정이었다. 놈들이 다른 길로 새지 못하게 이따금 방아쇠를 뼹뼹 당기며, 다리에 더욱 힘을 더해 달리고 또 달렸다. 장벽과 문명과 지성을, 전례 없는 위협 앞에서 인류가 포기하지 않고 이룩해낸 위업들을 믿으면서, 황무지를 함께 걷는 동안 그 하나하나를 뜨겁게 설명해주던 웬디의 목소리를 무엇보다도 단호히 믿으면서.

"토끼 사태가 재앙만을 불러온 건 아니에요. 토끼를 연구함으로써 이전까지는 상상조차 하지 못했던 사실들을 잔뜩 알게 됐거든요. 특히 여태껏 풀리지 않는 수수께끼였던 시공간의 구조에 대해서 말이죠. 이제 우리는 토끼들이 공간을 뛰어넘는 원리를 알아요. 정작 그것들은 결코 알지 못하는 원리를요. 언젠가 인류는 그 원리를 이용해서 달이나 다른 행성으로, 별 너머로 진출할 거예요."

'장밋빛 꿈 얘기도 정도가 있지.' 그것이 라일리의 솔직한 첫 심정이었다. 조수가 되어달라는 제안을 거절한 바로 그 이튿날, 아침 일찍부터 나타나 대뜸 손목을 붙들고선 황무지까지 끌고 나와 꺼내는 이야기가 고작 이거라니. 대기근을 겪어온 수십 년 동안 인류가 우주 진출은커녕 토끼를 따라 한번 깡총 뛰는 것조차 제대로 해내지 못했음은 라일리도 익히 아는 바였다. 10여 년 전 군부가 필라델피아에서 전함을 가지고 벌인 공간 도약 실험이 마지막 발버둥이었다. 그 잘난 실험이 승선자 전원을 끔찍한 곤죽으로 만들지 않았느냐고 라일리가 비아냥댔을 때, 웬디는 조금의 주저도 없이 이렇게 대답했다.

"성과는 있었어요. 비록 토끼의 도약을 따라 할 순 없었을지라도, 거기에 대항할 방법만큼은 확실히 알아냈으니까요. 왜 정부가 몇 년이라는 세월을 들여서 이런 황무지에 벽을 세웠다고 생각해요? 무슨 소문이 도는지는 저도 잘 알지만, 저건 최전방 주민들이 무법 지대로 도망치는 걸 막으려고 만든 게 아니에요. 자, 더 가까이 가서 보자고요!"

그날 웬디는 라일리를 기어이 벽 바로 앞까지 데려갔다. 그러고는 곱슬곱슬하고 풍성한 머리를 흔들면서, 팔을 이리저리 휘저으면서 벽의 기하학적 구조를 이해시키려 한참을 애썼다. 최전방의 토끼 사냥꾼인 라일리가 그 설명을 전부 알아들을 수는 없었다. 하지만 웬디의 마음만큼은, 보기 드문 낙관과 열의만큼은 라일리에게도 틀림없이 전해졌다.

"이 벽의 핵심 구조는 공간 도약에 필요한 차원상의 각도를 정확히 가로막도록 설계돼 있어요. 단위격자만으로는 길에 작은 돌멩이를 하나 놓는 정도의 효과밖에 없지만, 격자들을 충분한 높이와 두께로 쌓아 올리면 그땐 결코 넘어갈 수 없는 장벽이 되죠. 다시 말해서 토끼는 어떻게 뛰어도 이걸 넘어갈 수 없어요. 밖에서 들어올 수도 없고, 밖으로 나갈 수도 없고! 알겠어요, 라일리? 우리는 이 벽을 이용해서 토끼들로부터 땅을 되찾을 거예요."

이미 수도 근처에서는 격자 구조를 이용한 소규모 농장이 작은 성공을 거두는 중이라고 웬디는 말했다. 하지만 기근을 끝내기에 그것만으로는 한참 부족했다. 굶어 죽어가는 사람들을 구하고 인류의 옛 영광을 되찾으려면 광활한 농지가 필요했다. 장벽은 이를 위한 첫걸음이었다. 아직 완전히 토끼들에게 지배당하지 않은 남쪽 최전방 곳곳을 여러 구간으로 나눠 장벽을 세우고, 그 안쪽의 토끼를 박멸함으로써 한 번에 한 뼘씩 땅을 되찾아나간다면 언젠가 모든 사람을 먹여 살리기에 충분한 땅이 인류의 손에 떨어질 터였다. 적어도 웬디의 주장에 따르면 그랬다. 덜컥 믿기에는 너무나 달콤한 주장이라고 생각했던가? 그랬을지도 모른다. 하지만 믿지 않기에는 너무나 찬란한 미소였던 것도 틀림없는 사실이었다.

"믿어주세요, 라일리. 그리고 도와주세요. 배급품을 나눠 드릴게요. 푹신한 잠자리도 드리고요. 그러니 부디, 인류가 더 앞으로 나아갈 수 있도록 제게 힘을 보태주세요. 우린 해낼 수 있을 거예요. 이 기근을 끝낼 수 있을 거예요!"

황무지에 솟아난 장벽의 형상을 떠올릴 때면, 라일리는 장벽 앞에 서서 고개를 한껏 젖혀 꼭대기를 올려다보며 그렇게 외치던 웬디의 얼굴을 함께 떠올리곤 했다. 어느새 자기 이야기만큼이나 발그레한 장밋빛으로 달아올라 있었던 뺨을. 장벽을 타고 흘러내리는 햇살을 받아 만면에 차오르던 희망을. 참담하게 무너져 내려 가망이라곤 없어 보이는 세상에서도 여전히 지성이란, 문명이란 그토록 아름답게 빛날 수 있는 것이었다……

＊

웬디의 조수가 되어 오두막에서 숙식을 같이하게 된 지 얼마 지나지 않아, 라일리는 웬디가 머금은 희망도 황무지의 장벽과 마찬가지로 수많은 절망 위에 오로지 노력으로 쌓아올린 결과물임을 알게 되었다. 생각해보면 당연한 일이었다. 토끼가 넘을 수 없는 높이의 장벽을 쌓는 데에는 막대한 자원과 인력이 필요한데, 그 안에 토끼가 단 한 쌍만 남아 있어도 장벽은 순식간에 무용지물이 되니까. 그러니 토끼와의 전쟁은 곧 절망과의 전쟁이었다. 웬디가 항상 틀어두는 라디오에선 참담한 패배의 소식이 매일매일 흘러나오고 있었다.

에프라파에서는 철근 부족으로 장벽 건설이 중단되었다. 에이엔테의 장벽 안쪽에 일군 농장은 내부의 토끼를 몰아내는 데에 실패해 결국 버려지고 말았다. 가까운 카바노그에서 들려온 소식은 더욱 끔찍했다. 토끼들과의 사투에 지친 농부들이 토끼를 신처럼 섬기는 광인 무리로 돌변해, 사냥꾼들을 전부 죽이고 마을까지 깡그리 불태웠다는 듯했으니까. 그 소식에 진저리를 치면서도 한편으로 라일리는 광인들의 심정을 이해했다. 끝이 보이지 않는 절망의 파도를 마주하다 보면 제아무리 굳은 정신이라도 언젠가는 앙상하게 깎여 나가고 만다는 사실을 모르는 바가 아니었기에. 최전방의 황무지에는 그렇게 망가져버린 끝에 하염없이 떠돌다 죽어버린 사람들의 뼈가 이름 없는 묘비처럼 드문드문 솟아 있곤 했다.

해골 묘비들의 존재는 라일리가 있는 지역의 상황도 절대 좋지 않다는 증거였다. 온갖 수단과 방법을 동원해서 토끼의 수를 가능한 한 줄여놓아도, 바로 다음 계절이 되면 놈들은 무슨 일이 있었느냐는 듯 도로 우르르 몰려와서 농장을 누런 흙밭으로 만들고 떠나갔다. 24시간 내내 사냥꾼을 세워놓고 토끼를 쫓을 수 있는 농장들만이 그나마 약간의 수확을 얻는 중이었다. 자신이 수도에서 이곳으로 이주해 온 것도 바로 그런 지긋지긋한 교착상태의 해법을 찾기 위함이라고 웬디는 말했다. 어딘가엔 반드시 해법이 존재하리라고 믿어 의심치 않는 사람만이 할 수 있는 말이었다.

그 해법을 찾는 데에 한낱 토끼 사냥꾼인 자신이 대체 무슨 도움을 줄 수 있다는 것인지, 라일리는 웬디에게 언젠가 슬쩍 물어본 적이 있었다. 조수로 고용된 지 얼마 되지 않았을 무렵 어느 늦은 밤이었다. 등불을 밝혀두고 낡은 문헌을 밤새 살펴보던 웬디는 갑작스러운 질문에 당황하지도 주저하지도 않았다. 그저 기다렸다는 듯이 이렇게 답해줄 따름이었다.

"요전에 했던 얘기 기억해요? 공간을 뛰어넘는 토끼의 존재를 가장 먼저 알아낸 사람은 저 같은 과학자가 아니었어요. 호주에서 직접 총을 들고 토끼를 사냥하던 사냥꾼이었죠. 과학에는 증거가 필요해요. 화석 증거가 뒷받침되지 않았더라면 자연선택 이론은 지금처럼 널리 받아들여질 수 없었을 테고, 토끼가 깡총 뛰는 움직임을 하나하나 찍어 분석하지 않았더라면 우린 아직 그 도약 원리를 알지 못했을 거예요.

알겠죠, 라일리? 증거는 제가 지금 뒤적이고 있는 이 낡아빠진 책과 논문 속에만, 수도의 도서관에만 잠들어 있는 게 아니에요. 당신 같은 사냥꾼들이 지금껏 토끼를 사냥하며 겪은 갖가지 일들, 그 모든 경험 속에도 있어요. 어쩌면 그 무엇보다도 귀중한 증거가! 듣자 하니 이 일대 사냥꾼 중 명사수는 캐럴과 브래던이고 발은 베아트릭스나 에두아르도가 가장 빠르지만, 토끼의 습성을 가장 잘 아는 건 당신이라더군요. 놓치고 싶지 않았어요. 특히나 지금 같은 시기에는 더더욱."

힘주어 대답하며 자신을 똑바로 바라보는 웬디의 눈빛이 장벽을 올려다보던 때를 연상시켜, 라일리는 단지 고개를 끄덕일 수밖에 없었다. 그날 이래 라일리는 하루도 거르지 않고 총을 둘러멘 채 황무지로 나갔다. 단지 토끼를 더 많이 사냥하기 위해서가 아니라, 사냥당하는 토끼들의 습성을 예전보다 더욱 또렷이 관찰하고 기억하기 위해서. 총성을 들은 놈들이 얼마나 멀리 뛸 수 있는지, 얼마나 순식간에 사라질 수 있는지, 그리고 또 어떤 기묘한 짓을 벌일 수 있는지 조금이라도 더 많이 알아내기 위해서.

*

"사라져서 다신 나타나지 않는 토끼들이 있다고요? 라일리, 그 얘기 좀 자세히 해주세요!"

오두막으로 돌아오자마자 흥분에 차서 꺼낸 말을 웬디가 더욱 큰 흥분으로 받았을 때, 라일리는 비로소 자신이 그 '과학'이란 걸 하고 있단 사실을 온몸으로 체감했다. 대뇌에서 터져 나온 짜릿한 성취감이 등줄기를 타고 흘러내려 발가락 끝까지 삽시간에 번졌다. 사냥꾼 동료들은 누구도 믿지 않았으나 웬디는, 과학자는 달랐다! 방망이질하는 심장을 애써 진정시키며 라일리는 자신이 알아낸 바를 웬디에게 미주알고주알 전부 말해주었다. 토끼들의 이상한 도약과 '찰박' 소리에 대해서.

라일리가 처음으로 그 소리를 들은 건, 기어이 장벽 안쪽에 둥지를 파놓은 토끼들을 사냥하던 도중이었다. 제 둥지 근처에서 총성을 들었을 때 토끼들이 어떻게 행동하는지 라일리는 익히 알았다. 놈들은 항상 그렇듯 깡총 뛰어 사라지지만, 보통 그리 멀찍이 도망치지는 않는다. 근처에서 상황을 지켜보다가 위협이 사라지면 되돌아오기 위함이다. 이 습성을 이용하면 한번 놓쳤던 토끼라도 곧 다시 잡을 수 있었다. 하지만 항상 그런 건 아니었다. 허공으로 도망쳐서 다시는 나타나지 않는 놈도 아주 가끔 있었다.

지금껏 라일리는 그게 특별히 겁이 많은 놈들의 습성이라고만 생각했다. 하지만 웬디의 기대에 부응하고자 단서 하나하나에 주의를 기울이려 시도하면서부터, 라일리의 귀는 이전까지 간과했던 지극히 사소한 무언가를 포착하기 시작했다. 돌아오지 않는 토끼들이 깡총 뛰는 순간, 섬광과 함께 어디선가 반드시 들려오는 희미한 메아리였다. 라일리에게 그 메아리는 마치 멀찍이서 진흙 덩어리를 땅바닥에 떨어뜨리는 소리처럼 들렸다. 한편 웬디에게 라일리의 증언은 마치 굳게 닫혀 있던 비밀 금고가 살며시 열리는 소리처럼 들린 듯했다.

"'찰박'이란 말이죠? 깡총, 그다음에 찰박…… 잠깐만 기다려주시겠어요? 뭔가 기억이 날 것 같거든요. 어디선가 읽은 적이 있어요. 아마 수도에서 토끼 사태의 역사를 연구하던 도중이었던 것 같아요. 어째서 또렷하게 기억나지 않는지 도통 모르겠는데, 아무튼 그때 조사한 자료라면 분명히 여기 어딘가에 정리해뒀을 거예요. 이건 아니고, 이것도 아니고…… 찾았다! 17세기 네덜란드 기록이었어요!"

종이 무덤 밑바닥에 파묻혀 있던 노트의 내용을 웬디가 떨리는 목소리로 읽어내렸다. 토끼 사태가 일어나기 한참 전인

17세기, 네덜란드 어느 시골 마을에서 사람들이 다 지켜보는 가운데 죽은 토끼가 갑자기 나타나 땅에 툭 떨어졌다는 기록이었다. 마을 의사가 토끼의 배를 갈라보니 어째서인지 내장이 다 뭉개진 채였다. 이러한 기록은 하나가 아니었다. 16세기, 9세기, 심지어는 기원전 중국의 기록에도 토끼 사체가 허공에서 나타났다는 일화가 적혀 있었다. 이 기이한 이야기가 대체 무엇을 의미하는지 라일리는 전혀 갈피를 잡을 수 없었다. 웬디는 달랐다. 과학자의 머릿속에서는 이미 가설이 세워지고 있었다.

"솔직히 상상도 못 했어요. 하지만 계산상으로는 가능하다는 게 이미 10여 년 전 입증됐어요. 시간과 공간은 하나니까, 이론상 토끼들이 공간을 뛰어넘는 힘의 방향을 아주 조금만 틀어주면 시간도 똑같이 뛰어넘을 수 있단 거죠. 과거 방향으로요. 하지만 시간 방향으로 도약하는 과정에서 공간 방향에 너무 큰 요동이 일어나기 때문에, 설령 성공한다고 해도 토끼가 살아남을 가능성은 없어요. 필라델피아 실험 기억해요? 그것도 사실은 배가 아주 미세하게나마 시간 방향으로 움직여서 생긴 일이라는 추측이 있거든요…… 네, 맞아요. 당신이 잘못 이해한 게 아니라, 제가 정확히 그 얘기를 한 거예요. 토끼들이 과거로 날아갔을지도 모른다고요."

그러고서 웬디는 라일리를 붙잡고 질문을 퍼붓기 시작했다. 토끼가 사라지는 일이 얼마나 자주 일어나는지, 그리고 그 빈도에 어떤 변화는 없었는지를. 다행스럽게도 이건 라일리가 답할 수 있는 질문이었다. 비록 '찰박' 소리를 눈치챈 건 최근이었지만, 사라지는 토끼의 수가 몇 년 전에 비해 훨씬 늘어났다는 사실만큼은 일찍이 알고 있었으니까. 더욱더 다행스럽게도, 웬디의 말에 따르면 이건 좋은 징조였다. 토끼들이 벽에 부딪혔을지도 모른다는 증거이기 때문이다.

"시간을 넘어서 과거에 떨어져 죽는 건, 토끼들의 생존에는 전혀 유리한 구석이 없는 일이에요. 그러는 토끼가 늘어나고 있다는 건 뭔가 잘못되고 있단 뜻이죠. 제 추측을 말해 볼까요? 1895년 이래로 줄곧, 토끼들은 오로지 인간의 사냥을 피해 도망쳐 살아남는 방향으로만 자연선택을 겪어왔어요. 그러는 과정에서 공간을 뛰어넘을 수 있게 됐고, 도약 거리와 속도도 갈수록 증가했죠. 하지만 그 대가로 정확도가 점점 떨어지고 만 거예요. 자기들의 생존을 거꾸로 위협해버릴 만큼! 토끼들은 한계에 다다랐어요, 라일리. 지금보다 더 멀리, 더 빠르게 뛸 수는 없어요. 바꿔 말하면, 이제 도주는 끝났어요."

도주는 끝났다. 주홍색으로 물들어가는 햇빛과 점점 가까워져오는 장벽을 눈에 담으며 라일리는 웬디의 그 희망찬 선언을 속으로 몇 번이고 되새겼다. 물론 앞으로도 라일리는 계속해서 토끼를 사냥할 것이고, 토끼들은 섬광 속으로 깡총깡총 뛰어 도망칠 것이다. 황야 저 멀리서 도망치는 무리 가운데 가장 느린 놈은 총에 맞을 것이며, 가장 잽싼 놈은 살아남을 것이다. 하지만 이제 자연선택의 원리는 놈들의 편이 아니다! 지금보다 더 빨리 도망치려 할수록 놈들은 더 자주, 더 먼 과거에 찰박찰박 떨어질 위험을 겪어야 할 테니까.

반면에 라일리는, 인류는 앞으로도 얼마든지 더 빨리 추격할 수 있다. 벽을 더 쌓을 수도 있다. 그렇게 조금씩 농지를 확보하며 문명을 재건하다 보면 언젠가 토끼들처럼 도약할 방법을 개발해낼 수 있을지도 모른다. 인간이 토끼를 따라잡는다! 문명이 야생을 따라잡는다! 물론 걱정이 끝난 건 아니다. 그날도 그랬다. 웬디의 설명을 다 들은 직후 별안간 불길한 가정이 하나 떠올라, 라일리는 머뭇거리면서도 조심스레 물어보기로 했다……

아니, 아니다. 걱정은 없다! 꼬리를 물고 떠오르려는 생각을 힘껏 끊으며, 라일리는 발에 더욱 힘을 더해 토끼들을 추격해나갔다. 지금까지는 아주 잘하고 있다. 조금만 더 몰아가면 저 토끼 무리는 장벽 앞에 도달할 터였다. 거기서 보게 될 광경이 라일리의 눈에 선했다. 어째서 눈앞의 벽을 넘어갈 수 없는 것인지 조금도 이해하지 못해, 토끼들은 그저 허공을 향해 맥없이 깡총깡총 뛰며 바둥대기만 하리라. 그런 놈들을 하나씩 쏘아 죽이는 것쯤이야 라일리에게는 식은 죽먹기다. 어쩌면 총성을 듣고 잘못 뛰는 바람에 찰박 소리와 함께 사라지는 놈도 있을지 모른다. 깡총, 찰박, 깡총, 찰박! 아직 벽 앞에 도착하기도 전이건만, 이미 라일리의 귓가에는 미래로부터 퍼져 온 승리의 메아리가 축포처럼 연달아 울리는 듯했다.

찰박!

찰박!

찰박!

그 아득한 메아리 너머에서, 라일리는 얼핏 웬디의 목소리를 들었다.

희미한 기억에 감싸여 어쩐지 점점 잊혀가는 목소리를.

*

"죽은 토끼 때문에 현재의 역사가 뒤바뀌면 어떡하느냐고요? 그게 걱정되는 거예요, 라일리?"

웬디 산드렐리가 작게 웃었다. 라일리 맥그리거의 얼굴이 부끄러움에 달아올랐지만, 웬디는 딱히 라일리의 걱정을 비웃은 것이 아니었다. 단지 좋은 질문이라고 여겼을 뿐이었다. 아스라이 흩어지는 기억의 파편 그 어디에서도, 라일리가 좋은 질문을 던졌을 때 웬디가 답해주지 않은 적은 단 한 번도 없었다.

"다행히도 토끼들 덕분에 우리는 시공간의 구조를 꽤 많이 이해하게 됐어요. 덕분에 이렇게 단언할 수도 있고요. 아무리 과거가 바뀐다 한들, 이미 벌어진 일이 통째로 없던 게 되지는 않는다고 말이죠. 그러니까 만에 하나 과거에 떨어진 토끼 사체가 하필이면 토머스 오스틴의 머리를 강타해 길동무로 데려간다 해도, 호주 땅에는 어떤 식으로든 토끼 스물

네 마리가 들어가서 재난을 불러올 거예요. 그건 이미 일어난 일이니까요.

물론 바뀌는 건 있겠죠. 세세한 맥락 정도요. 어째서 토끼들이 거기에 들어갔는가, 구체적으로 어떻게 퍼져 나갔는가, 그런 인과의 빈 자리를 채울 맥락이 아마 새로이 만들어지기는 할 거예요. 하지만 적어도 제 생각엔, 과거로 날아간 토끼 때문에 인류가 탄생하지 못하거나 우리의 존재가 모두 소멸하는 일 따윈 일어날 리 없어요. 다만 걱정할 일이라고 한다면, 음, 진짜 가능성이 희박한 일이기는 한데……"

그다음에 웬디가 무슨 말을 했는지 라일리는 똑똑히 떠올릴 수가 없었다. 아니, 웬디가 정말로 그런 말을 했는지조차 확신이 들지 않았다. 진짜로 있었던 일이라기엔 얼굴도 목소리도 너무나 어렴풋했다. 제대로 생각해내려 애쓰면 애쓸수록 머릿속을 가득 메우는 건 전혀 엉뚱한 기억뿐이었다. 그건 어째서인지 지금껏 까맣게 잊고 있었던 기억이기도 했다. 자신이 어째서 이 황야를 달리고 있는지, 언제부터 손바닥에 식은땀이 흥건히 흐르기 시작했는지, 웬디 산드렐리라는 이름을 대체 어디서 들었는지, 그런 지극히 당연한 것들. 라일리의 눈동자가 순간 세차게 흔들렸다. 싸늘한 소름이 심장을 거머쥐었다.

그래, 그랬다! 퍼뜩 정신이 들어 등 뒤를 힐끔 돌아보니, 놈들이 꽤나 바짝 따라붙어 있었다. 추격이다! 토끼 떼다! 진짜 토끼가 아니라, 토끼의 털가죽을 연상시키는 회갈색 거적

때기를 뒤집어쓰고 총과 쇠스랑을 치켜든 열댓 명의 광인 무리가 뉘엿뉘엿 지는 저녁놀을 등지고서 라일리를 향해 달려오는 중이었다. 라일리가 언젠가 라디오에서 소식을 들은 적이 있는 놈들이었다. 끝나지 않는 기근에 절망한 끝에 토끼를 숭배하기 시작한 자들이 에프라파에서, 에이엔테에서, 심지어 가까운 카바노그에서도 일제히 들고일어나 토끼 사냥꾼들을 학살한 뒤 마을까지 깡그리 불태웠다고 했던가. 그놈들이 마침내 여기까지 손을 뻗친 것이다!

지금까지 푹 잠겨 있었던 달콤한 백일몽 같은 무언가가 산산이 바스러져가는 자리에, 차갑기 그지없는 현실이 비로소 생생하게 형체를 갖추고 라일리의 온 사고와 신경을 지배해갔다. 기억을 되짚어보면 라일리는 운이 좋은 편이었다. 캐럴이 총에 맞아 맥없이 쓰러지고, 브래던과 에두아르도가 광인 무리에 삼켜지고, 베아트릭스의 처절한 비명이 마른공기를 찢는 사이 총 한 자루만 간신히 챙기고서 헛간 그늘에 몸을 숨길 수 있었으니까.

하지만 놈들은 금방 라일리를 발견하고 추격해왔다. 그때부턴 무작정 도망치는 수밖에 없었다. 낡은 군화가 땅을 박차자 누런 흙먼지가 일었다. 쓰러져 삭아가는 나무 울타리와 말라버린 지 오래인 소뼈가, 토끼를 잡아 오면 포상금을 주겠다는 기한 지난 전단이 걸음마다 짓밟혀 바스러졌다. 주기적으로 울려 퍼지는 배후의 총성과 한때 마을이었던 폐허에서 불어오는 매캐한 연기가, 그리고 무엇보다도 순수한 공포가 라일리의 도주를 나침반처럼 인도하고 있었다. 줄곧 그랬던 게 틀림없다. 숨이 턱밑까지 차올랐고 이가 딱딱 부딪혔다. 하지만 라일리는 다리를 멈추지 않았다. 왜냐하면 이대로 계속 도망치다 보면 언젠가는 최후의 보루이자 방어선이, 지성과 문명이, 희망이 눈앞에……

그럴 리가 없지 않은가!

뒤쪽을 곁눈질하던 시선을 도로 앞으로 돌리자, 사람 키보다도 한참 높은 육중한 철근콘크리트 덩어리가 기다렸다는 듯 떡하니 나타나 라일리의 눈앞을 가로막았다. 벽이다! 장벽이 있다! 멀리서는 단지 검고 굵고 삐죽삐죽한 가로선으로밖에 보이지 않았던 것이, 지금은 넘을 수 없는 벽이 되어 겨우 수십 미터 앞을 단단히 봉쇄하고 있었다. 철근 더미를 마구잡이로 쌓고 콘크리트를 부어 억지로 고정한, 악몽에서 튀어나온 괴물의 가시투성이 등딱지 같은, 좌우 어느 방향을 보나 그저 끝없이 흉물스레 이어지는…… 그 끔찍함! 그 절망! 라일리의 가슴은 철렁 내려앉았고 손발에서는 힘이 빠져나갔다.

계속 달리지 않을 수는 없었다. 하지만 아무리 달린들 이제 소용없었다. 애초에 어째서 벽 쪽으로 도망쳐 왔단 말인가? 아니다! 라일리가 힘없이 고개를 저었다. 자신이 이쪽으로 도망친 게 아니라, 놈들이 자신을 이쪽으로 몰아온 것임을 비로소 깨달았기 때문이다. 총을 쏘고 고함을 지르면서, 막다른 곳을 향해 무작정 달리는 것 말고는 아무런 생각도

하지 못하도록. 벽을 몇 발짝 앞에 둔 라일리의 무릎이 꺾였다. 땀방울과 눈물방울이 뚝뚝 떨어져 마른 흙바닥에 거무스레한 자국을 남겼다.

도주는 끝났다.

어째서 자신이 한때 그 절망적인 선고를 희망의 주문처럼 여겼던 것인지, 라일리 맥그리거는 이제 전혀 이해할 수가 없었다.

*

황무지에 어둠이 내리는 가운데, 라일리는 벽 근처에 널브러진 채 간신히 숨만 몰아쉬는 중이었다. 부러진 뼈와 찢겨나간 살이 한없이 쓰라렸다. 하지만 그보다 더 고통스러웠던 것은 무지였다. 라일리는 자신이 무언가 아주 중요한 걸 잔뜩 잊어버렸음을 알았다. 하지만 그것이 대체 무엇이었는지는 전혀 떠올릴 수 없었기에, 단지 흙먼지 위에서 뒹굴고 신음하며 의식의 줄기를 조금이라도 붙잡아보려 허우적거리는 수밖에 없었다. 몸부림칠 시간은 충분했다. 광인들은 라일리를 바로 죽일 생각이 없어 보였으므로.

하지만 그들은 토끼 사냥꾼의 목숨을 살려둘 생각도 없었다. 광인 무리 한가운데서 누군가가 저벅저벅 걸어 나와 라일리 앞에 섰다. 다른 광인들의 태도를 보건대 아마 가장 높은 사람인 듯했다. 라일리는 그 사람이 누구인지 알았다. 최전선의 황무지 일대에서 자자한 악명을 들은 바가 있었기 때문이다. 하지만 회갈색 거적때기 아래의 둥근 안경알 너머로 자신을 내려다보는 차가운 눈빛을 마주치는 순간, 라일리의 가슴속에 차오른 감정은 어째서인지 두려움이 아니었다. 혼탁한 정신 어딘가에서 끓어넘친 원인 불명의 서글픔이었다. 스스로도 뜻을 모르는 중얼거림이 달싹이는 입술 사이로 멍하니 흘러나왔다.

설명해줘, 웬디. 대체 무슨 일인지.

적어도 그 이유를 알고 싶어.

순간 웬디 산드렐리의 눈빛이 조금 흔들린 것도 같았다. 어쩌면 아득히 잊고 있던 기억이 조금이나마 떠오르려 했기 때문인지도 몰랐다. 이윽고 동굴 속의 메아리처럼 희미한 목소리가 라일리의 귓가에 닿았다. 요즘 같은 세상에 드물게도 밝고 희망차서 절로 마음이 놓이는 목소리였다. 동시에 존재 증거조차 없는 희망을 지어내서 말하는 일만큼은 결코 할 수 없었던 목소리이기도 했다.

"너무 가능성이 희박한 일이기는 한데…… 이를테면 이런 상황을 가정할 수는 있겠네요. 과거로 날아가버린 토끼들이 17세기나 9세기보다도 훨씬 전에, 그러니까 토끼라는 동물이 존재하지도 않았던 머나먼 태곳적에 떨어져 죽는 상황을요. 거기다가 아주 희박한 확률로 그 토끼 사체들이 진흙에 잘 파묻혀서 온전하게 화석화되었고, 다시 우연의 우연이 겹친 끝에 근대 언제쯤 발견되어서 세상에 널리 알려졌다고까지 가정해보죠. 자연선택과 진화에 대한 이론이 미처 완성되기 전에요. 말했잖아요, 가능성이 희박하다고. 하지만 불가능하지는 않죠.

만일 이런 일이 벌어진다면 어떻게 될까요? 진화론은 미처 태동하지도 못했는데 중생대, 아니 고생대 초기 지층 같은 곳에서 토끼 화석이 발견된다면? 이런 화석은 자연선택 이론으로는 설명할 수 없어요. 모든 포유류 중에서 오직 토끼만이 고생대부터 변함없이, 무수히 바뀌는 환경 속에서 그 모습 그대로 현재까지 생존해왔다는 건 전혀 말이 안 되니까요. 그걸 설명하려면 토끼가 아주 작은 변이를 거쳐서 시공간을 뛰어넘을 수 있게 됐다는 지식이 필요한데, 그건 사태가 이렇게 되기 전까지는 누구도 알지 못했던 사실이에요.

어쩌면 그 화석 하나 때문에 자연선택 이론은 완성되기도 전에 꺾일지도 몰라요. 어쩌면 그런 개념 자체가 만들어지지 못할지도 모르죠. 우리가 토끼 사태의 기원이며 도약의 원리 따위를 알아낼 수 있었던 게 바로 그 자연선택이란 개념 덕택인데도요. 현대 생물학은 전부 그 위에 쌓아 올린 건데도요…… 만일 그 토대가 송두리째 사라진다면, 그래서 우리가 지금껏 토끼를 연구했던 그 모든 내용이 없었던 게 된다면, 텅 비어버린 맥락을 대체 무엇이 채우게 될까요? 제 머릿속에는 과연 뭐가 대신 자리를 잡을까요? 과학으로도 그건 알 수 없어요, 라일리. 아마 영영 알 수 없겠죠."

목소리가 잦아들었다. 애초부터 존재하지 않았던 목소리

였기에. 존재한 적 없는 과거의 마지막 잔향에 불과했기에. 그러는 동안 현실의 웬디 산드렐리는 고개를 두어 번 흔들어 잡념을 떨친 뒤 라일리의 머리채를 잡아 억지로 일으켰다. 진짜 대답은 지금부터였다. 죄인이 정녕 이 상황에 대해 아무것도 알지 못한다면, 그는 얼마든지 자비를 베풀어 지혜를 나누어 줄 요량이었다.

"보세요! 아무리 어린 토끼라도 간단히 넘을 수 있는 벽을, 당신은 넘지 못하고 다만 이 앞에서 무릎을 꿇어버렸을 뿐이죠. 우리 교단이 이 장엄한 벽을 지은 이유를 이제 알겠나요? 당신처럼 무지한 자들이 감히 신성한 땅으로 도망치지 못하게끔 하기 위함입니다. 그들은 태초부터 이 땅에 존재했으니 우리에게 없는 지혜가 그들에게……"

연설이 이어지며 탁한 목소리에 점점 희열이 차올랐다. 굶주려 움푹 들어간 뺨도 장밋빛으로 한껏 물들었다. 그 모습을 멍하니 바라보던 라일리의 목에 이내 밧줄 올가미가 매였다. 밧줄 반대편은 튀어나온 철근에 감겨 늘어진 채였다. 캐럴의 축 늘어진 몸이 먼저 벽 위로 끌려 올라갔고, 브랜던과 에두아르도의 몸부림도 곧 멈췄다. 베아트릭스의 비명이 사그라진 다음은 라일리 차례였다.

밧줄이 당겨지는 바로 그 순간, 고개를 떨군 라일리 맥그리거는 자신의 발치에 어느새 나타난 토끼 한 마리가 풀을 뜯는 모습을 보았다. 어디에나 흔한 굴토끼였다. 복슬복슬한 회갈색 털에 덮인 둥글고 통통한 몸, 새까만 눈과 쫑긋 세운 귀, 짤막하게 톡 튀어나온 꼬리, 쉼 없이 오물거리는 조그만 입까지 전부 한없이 토끼다웠다. 자기 동족이 저지른 일에 대한 일말의 뿌듯함, 승리의 짜릿한 전율, 상황을 조금이나마 이해할 지성 따위의 토끼답지 않은 구석이라고는 한 군데도 없었다. 그런 녀석이 여태껏 살아남아 풀을 뜯고 있는 건 오로지 토끼인 채 끝까지 깡총깡총 뛰어 도망쳐 온 결과에 지나지 않았다.

하지만 녀석은 살아남았다. 지성을 추월해서, 문명을 추월해서.

토끼란 언제나 그런 존재였으므로.

월담하려다 접천

이서영

정말로 이게 될까? 그런 게 있을 거라고는 생각도 해본 적이 없었다. 연경은 한 번도 넘어보지 않은 벽 앞에서 한참을 망설이고 있었다.

아무려면 서울은 인구 천만의 나라였다. 천만을 넘어서는 '전 세계'라는 게 있다는 말은 들었지만, 한 번도 그 밖으로 발을 떼본 적은 없었다. 물론 암암리에 서울 바깥에 관한 이야기는 많이 들어왔지만, 연경은 그 바깥에 굳이 관심을 가질 만큼 예민한 인간이 아니었다. 괜히 바깥에 대해 신경 쓰다가 어디로 갔는지 알 수 없게 된 사람들이 연경의 인생에 한둘이었던가.

굳이 어느 쪽인지 나누자면 연경은 모범생 축에 속했다. 학창 시절 공부도 열심히 하고, 외우라는 것도 잘 외우고, 선생님한테 딱히 대들어본 적도 없었다. 심지어 사라진 친구들에 대해서도 그렇게 관심이 많지 않았다. 다만, 딱히 친구들과 어울리는 걸 좋아하지 않아서 취미 생활이라고는 고작 컴퓨터 앞에 앉아 이런저런 프로그램들을 뚝딱거리는 일뿐이었던 게 특이점이라면 특이점이었다. 연경의 짧은 생에서 이런 취미 생활에 트집을 잡는 사람은 아무도 없었다. 그냥 뭐가 그리 재밌는지 맨날 컴퓨터 앞에 앉아 있는 이상한 사람 취급이나 좀 받을 뿐이었다. 아무래도 사람들과 얼굴을 마주하고 얘기를 하거나 바깥에서 돌아다니며 뛰어노는 게 보통이니까.

흔하지 않은 취미일지언정 해로운 일은 아닌 데다 서울 안에 연경처럼 이상한 걸 좋아하는 사람들이 조금은 있어서, 연경은 그들과 함께 작은 인터넷 커뮤니티도 만들어 서울 각 구에서 일어나는 재미있는 이야기들을 공유하기도 했다. 이런 작고 사소한 취미 활동이 삶에 심각한 문제가 될 것이라고는 정말이지 한 번도 생각해본 적이 없었다.

연경은 펼쳐놓은 코드를 앞에 두고 달그락, 달그락, 손가락을 움직였다. 어쩌면 이제 돌이킬 수 없을지도 몰랐다. 만약 이 담장을 넘어버리면, 연경은…… 도대체 어떻게 되는 걸까. 두려웠다. 지금이라도 그냥 다 그만둬버릴까 싶은 생각이 굴뚝같았다.

연경의 인생은 운 좋게 서울에 사는 남들과 다를 것이 하나도 없었다. 은평구 역촌동에 있는 출산센터에서 태어났고, 이후로도 그 지역을 벗어나 산 적이 없었다. 역촌동에서의 삶에 불만이 있었느냐 하면, 그것도 아니었다. 연경은 성적도 중간 정도, 운동 실력도 중간 정도, 교우 관계도 중간 정도인, 잘 눈에 띄지 않는 아이였다. 유아센터, 초등센터, 중등센터, 고등센터를 모두 무난하게 옮겨 다니며 쑥쑥 자랐다. 소꿉친구들도 대체로 역촌동 출산센터에서 태어났다.

연경의 미래는 자명했다. 아마 3~4년쯤 뒤에는, 연경도 출산센터에 들어가 아이를 낳을 수 있을지 파악할 수 있을 것이었다. 아무래도 출산센터에 오래 있는 건 좀 싫었다. 이왕이면 대학 졸업 후에는 밖에 나와서 일을 하고 싶다는 생각이지만, 그건 연경이 결정할 수 있는 일이 아니다.

할 수 있는 게 없을 때는 주어진 일을 열심히 하라는 방패님의 가르침을 본받아, 연경은 그저 주어진 공부를 열심히 했다. 푸른 하늘을 볼 때마다 자신에게 주어진 것에 감사하라는 방패님의 가르침을 떠올렸다. 방패님의 선도적인 판단 덕분에 서울에서 태어난 연경은 바깥의 무서운 자연재해와 떨어져서 어떻게든 삶을 영위해나갈 수 있게 됐다. 바깥에서는 태어남이란 곧 순전한 우연이라는 걸 생각해보면 얼마나 두려운 일인가.

역촌동 바깥으로 처음 나가본 건 네트워크상에서만 대화를 나눠온 사람들과 처음 만났을 때였다. 옛날에는 인터넷을 통해 서울 안은 물론 지구 반대편에 있는 사람들과도 대화를 나눌 수 있었다고 하지만, 이제 네트워크가 가능한 공간은 오로지 서울뿐이었다. 더 많은 사람과 대화를 나누고 더 많은 레퍼런스를 얻을 수 있었을 30년 전 사람들이 부럽기는 했지만, 주어진 일에 감사하며 살아야 하는 법. 연경은 그저 이 살아남은 사람들 사이에서 네트워크에 관심을 가지고 있는 사람들을 만날 수 있다는 게 기뻤다.

현정은 한창 코딩에 열중했던 중학생 때 만난 동갑내기 꼬마 개발자였다. 현정은 마포구에 살았다. 현정 덕분에 연경은 마포구에 있는 외국인 선교사 묘역도 가봤고, 용강동 정구중 가옥이라는 신기한 옛날 집도 구경했다. 연경도 센터 근처에서 줄곧 봐온 인조별서유기비를 보여주기도 했다. 연경과 현정은 곧잘 서로의 센터에 놀러 가 함께 코딩하곤 했다. 그때까지만 해도 아무도 그들을 방해하지 않았다. 선생님도, 유모도, 친구도. 정말 그 누구도 방해하지 않았다. 그래서 연경은 지금 이 상황이 더 이해되지 않았다. 대체 어쩌다가 이렇게 되어버렸담. 물어보고 싶어도 현정은 지금 곁에 없었다.

현정과 같은 학교를 다니게 되었다는 걸 알게 되었을 땐 정말이지 뛸 듯이 기뻤다. 원래 대학교였던 서울의 건물들은 이제 대부분 다른 용도로 사용되고 있었지만, 네 개 정도는 아직도 멀쩡히 대학 건물 역할을 하고 있었다. 현정과 연경이 함께 들어가게 된 곳은 같은 권역에 있는 2대학이었다. 2대학에는 예전에 종교 시설이었다고 하는 아름다운 건물이 높은 탑처럼, 혹은 커다란 관문처럼 서 있었다. 연경은 햇빛 아래 빛나는 그 단단한 모습이 퍽 마음에 들었다. 마치 방패님 같았고, 위험으로부터 모두를 안전하게 지켜줄 것만 같았다. 현정과 연경은 학과도 같았다. 인원이 그리 많지 않은 컴퓨터공학과에서의 1학년 생활이 따사롭고 안전하게 흘러갔다.

하지만 방패님 같다는 건 완전히 착각이었다. 현정은 어릴 적 연경이 무심코 흘려보낸 다른 친구들처럼 사라지고 말았다. 현정이 딱히 바깥세상에 대한 쓸데없는 호기심을 가졌던 것도 아니었다. 적어도 현정은 방패 안에서 안전하게 보호되고 있는 서울에 아무런 해도 끼치지 않았다. 서울 시민들은 오늘도 아침에 눈을 뜨고, 열심히 일하고, 저녁에 센터로 돌아가 잠이 들었다. 때때로 센터 앞에서 맥주도 한잔하면서. 그중 현정만 들어낸 것처럼 완벽하게 사라졌다. 생각해보면 현정의 흔적이 있을 필요도 없었다. 서울의 모든 일은 방패님이 관장하고 있고, 역할은 자기 재능에 따라 배분되는 법이었다. 현정의 증발에 마음 졸이는 건 오로지 연경뿐이었다.

현정은 도대체 무엇을 잘못했던가. 현정은 단지 컴퓨터를 너무 잘 다뤘다. 방패님의 영역에 들어갈 만큼. 감시 카메라는 방패님의 영역이었고, 현정은 감시 카메라를 해킹할 수 있었다. 때문에 한 교수가 출산센터에 들어가지도 않은 학생들을 끌어들여 위협하고, 함부로 만지고, 원시적인 방법으로 성적 접촉까지 하고 있다는 걸 찾아낼 수 있었다.

역사책을 뒤져서 찾은 고전적인 방법인 '대자보'를 붙였던 현정은 끌려가던 와중에 연경의 목을 꼭 끌어안고서 속삭였다.

"인터넷이 있어, 서울 바깥에. 인터넷을 활용해!"

인터넷? 서울 안에서 활용하는 네트워크가 아니라, 저 서오릉쯤에 설치된 서버를 활용하는 작은 네트워크가 아니라, 역사책에서 본 인터넷이 살아 있다고? 팀 버너스 리가 만들었다는, 'www'가 살아 있는 그 인터넷? 도무지 믿을 수가 없었다. 정말이냐고 물어보고 싶었지만 그럴 시간은 주어지지 않았다. 현정은 빠르게 끌려갔고, 연경은 그를 어디에서도 찾을 수 없었다.

끌려간 이들은 어디에 있을까. 출산센터로 보내져 감금된다는 말도, 관리가 필요한 위험직에 배정된다는 얘기도 있었다. 어느 쪽이건 현정이 겪고 있다고 생각하니 괴로웠다. 무엇보다도 현정이 많이 그리웠다. 예전의 연경이 그랬듯이 사람들은 현정을 빨리 잊었다. 어쩌면 저렇게 빨리 잊을까. 현정은 신기할 정도로 빠르게 사람들의 머릿속에서 지워져갔다. 기록을 남기는 게 쉽지 않은 서울에서는 이러다 연경조차도 금세 현정을 잊어버릴 것만 같았다.

그럼에도 연경은 매일 밤 꿈에서 현정의 목소리를 들었다. 잠에서 깨고 나면 누군가가 꿈을 들여다보기라도 했을까 봐 겁에 질리기도 했지만, 현정의 목소리를 한 번 더 들으려 다시 잠자리에 들고 싶어지기도 했다. 현정의 목소리는 오로지 한 가지만을 이야기했다.

"인터넷이 있어, 서울 바깥에. 인터넷을 활용해!"

현정이 뭔가 착각을 한 건 아닐까 싶다가도, 현정이라면 뭔가를 깼을지도 모른다는 생각이 들기도 했다. 현정은 누구보다도 컴퓨터를 잘 다루던 친구였다. 하지만 막상 서울 바깥의 인터넷을 찾아보려니 두려움이 앞섰다. 연경은 현정처럼 사라지고 싶지 않았다. 현정이 어디에 있는지는 몰라도 결코 그곳에 가고 싶지 않았다. 고민이 가득했지만 연경은 현정이 자신의 방구석에 남겨둔 메모들을 찾아냈고('생각하니 괘씸하네. 이년이 누굴 죽이려고 이걸 자기 방이 아니라 내 방에 보관해? 돌아오기만 해봐라, 가만두나'), 그 내용을 토대로 이리저리 열심히 쫓아가본 결과 바깥의 인터넷과 서울 네트워크 사이의 작은 틈에 도달했다.

연경도 알고 있었다. 지금부터는 범죄의 영역이고, 방패님의 뜻에 어긋나는 일이었다. 하지만 방패님은 여태껏 서울 밖은 기후변화로 모든 네트워크가 절멸했다고 하지 않았던가. 어쩌면 방패님이 착각한 걸지도, 연경이 방패님에게 새로운 네트워크가 발생했다는 걸 알려주는 첫 사람이 될지도 몰랐다. 만약 그게 아니라 방패님이 다 알고 있었는데…… 다 알고서도…… 연경은 고개를 흔들었다. 그럴 리가 없었다. 만약 그렇다면 현정이 바깥에 인터넷이 있으니 가보라고 한 건 일종의 구조 요청이 되는 셈이었다. 설마, 방패님이 역사책에서나 보던 독재자 같은 행보를 벌일 리가 없다.

그러면 연경은 지금 대체 왜 이 위험을 무릅쓰고 방패님의 뜻을 벗어나 인터넷이라는 광활한 네트워크를 찾아가려고 하는가. 자기모순 속에서 망설이던 연경은 에라, 그냥 엔터 키를 눌러버렸다. 몰라, 이유가 어딨어. 그리고 없었어야 할 네트워크는 즉시 0과 1의 수식을 쏟아내며 어딘가로 연경을 접속시키기 시작했다.

연경의 눈앞에 펼쳐진 건 익숙한 창과 글자들, 때때로 색깔을 넣어 예쁘게 꾸민 낯익은 화면들이 아니었다. 이게 인터넷인가? 연경은 잠깐 아득해져서 멍하니 화면을 바라보았다. 마치 역사책에서 본 '게임'과 비슷한 형태를 띠고 있었다.

옛날에는 인터넷이 훨씬 광대했고 사람들이 컴퓨터에 훨씬 열중해서, 온갖 모양으로 자기 자신을 꾸미고 가상현실의 주인공이 되어 게임을 했다고 했지. 놀랍게도 화면 전체가 3D로 움직였다. 역사책에서 배운 것에 따르면 NPC로 추정되는 존재가 빙글빙글 돌며 뭔가를 설명하기 시작했다.

NPC의 생김새는 좀 이상했다. 흉측하게 생겼다고 해도 무방할 정도였다. 분홍색 몸체에 팔다리도 여러 개고, 머리도 세 개씩이나 달려 있었다. 몸을 움직이는 방식도 이상했다. 이런 콘셉트의 게임인가? 아니, 인터넷에 접속하려고 했는데 대체 왜 게임이 열린 거지? 게임도 물론 인터넷의 일종이긴 하지만…… 게임 속에서도 현정이를 구해달라고 말할 수 있나? 여기까지 생각한 연경은 깜짝 놀라 머리를 흔들었다. 현정이를 구해달라고 말하려 접속한 건 아니었는데……! 연경은 게임의 만듦새를 다시 찬찬히 살펴보았다. 이렇게 만듦새가 좋은 게임이 있다면 방패님이 모를 수가 없었다. 서울 바깥은 완전히 회복된 게 틀림없었다. 서울 바깥의 사람들은 컴퓨터로 이 정도 수준의 게임을 즐기고 있었던 것이다.

방패님은, 우리에게 거짓말을 했다. 뼈아프지만 사실이었다.

연경이 진실을 받아들이기 위해 내면의 싸움을 하고 있는 동안에도 NPC는 계속 게임 안내를 했다. 마지막 말이 휙 지나갔다.

"무료 접속은 9✴✳❋까지만 가능합니다."

뭐라고 하는지 잘 들리지 않았다. 9라고 했는데, 대충 아홉 시간이라는 건가. 무료 접속이 이때까지만 가능하다면 유료 접속이라는 선택지도 있다는 건데, 어쩌면 바깥은 서울 안보다 훨씬 풍요로운 게 아닌가. 연경은 입술을 꼭 깨물었다.

게임의 첫번째 단계는 아바타 설정이었다. 아바타를 마주하고 연경은 다시 혼란에 빠졌다. 어떻게 해도 일반적인 사람 모양을 만들 수가 없었다. 기왕이면 키도 크고 늘씬한 예쁜 여자 캐릭터로 만들고 싶었는데, 연경에게 주어진 선택지는 머리는 최소 세 개부터(여덟 개까지 붙일 수 있었지만 한 개로 만드는 건 불가능했다), 팔은 최소 네 개부터 시작이었다(열여덟 개까지 붙일 수 있었지만 역시 두 개로 만드는 건 불가능했다). 눈을 세 개로 만들거나, 목을 뱀처럼 만들거나, 뭔지 모를 동물을 하체에 붙여서 반인반수처럼 만들거나, 피부색을 도저히 인간에겐 없을 색깔로 만들 순 있었지만(초록색, 흰색, 파란색, 분홍색, 심지어 황금색도 가능했지만 예쁜 살구색은 없었다), 전부 연경이 원하는 선택지는 아니었다.

이쯤 되자 연경은 고개를 갸웃하게 되었다. 가능성은 두 가지였다. 연경이 현정의 수식을 잘못 해석해서 괴상한 콘셉트의 게임 안으로 들어온 것이든가, 어쩌면 방패님이 옳았든가. 바깥의 심각한 기후변화에 노출된 인간들은 문명을 회복하기는 했지만 원래의 외양은 모두 잃어버렸고, 그 간극을 우리가 받아들일 수 있을지 없을지 아직 판단이 서지 않은 방패님이 우리를 안전하게 보호하며 그 사이 어딘가에서 조율을 하는 것일지도 몰랐다. 그래, 방패님이 우리를 그렇게 냉혹하게 속일 리가 없어. 어쨌든, 무슨 일이 벌어지건 접속을 하고 나면 알 수 있을 것이다. 연경은 대충 팔 네 개와 머리 세 개를 단, 흰 피부의 괴상한 모습으로 게임을 시작했다.

다음 단계로 넘어가자, 맥락을 잘 모르겠는 광대한 분홍색 벌판이 펼쳐졌다. 벌판이 분홍색이라니, 서울 바깥은 이렇게 변하고 만 것일까. 그리고 보니 이 게임에서는 무기도 하나 제대로 주질 않았다. 이대로면 몬스터가 나타났을 때 어떻게 하면 좋지? 아, 생각해보니 몬스터가 문제가 아니었다. 연경의 캐릭터도 몬스터와 도무지 구분되지 않는 외양을 하고 있었다. 만약 역사책에 나오는 평범한 게임에서 연경이 이런 캐릭터를 만났다면 몬스터인 줄 알고 바로 공격을 시작했을 터였다.

벌판 한가운데에 갑자기 황금색 피부의 팔 여덟 개 달린 소녀가 불쑥 등장했다. 이마에 달린 눈은 꼭 감겨 있었다. 연경은 어찌할 바를 모르고 아무 버튼이나 마구 눌러댔다. 팔을 뻗었다가 다리를 한쪽만 들었다가 한참 오두방정을 떤 끝에 간신히 손 하나를 높이 드는 데 성공했다. 그리고 채팅 창을 찾아 메시지를 입력했다.

"안녕!"

그 순간 스피커로 능숙한 한국말이 쏟아져 들어왔다.

"오, 처음 보는 언어네. 나는 아린이야. 반가워."

대화를 시작하고 나니 그제야 벌판 여기저기에 잠깐씩 사람들의 모습이 보였다. 어째서인지 사람들은 접속을 길게 유지하지 않고 금방 나갔다가 다시 들어오기를 반복했다. 이상하네. 이 서버는 좀 인기가 없나? 자꾸 사람들이 들락날락하는 게 좀 산만하다는 생각을 하며, 연경은 다시 손을 높이 치켜들었다.

문득 연경에게 한 가지 다른 가능성이 떠올랐다. 이거 혹시, 역사책에서 본 '메타버스'인가 하는 그건가? 메타버스는 현실에서의 상호작용을 가상현실에 구현한 것이라고 했다. 그냥 가상현실 속에서 서로 대화하고, 소통하고, 사소한 일상을 나누는 것 자체가 목적이라고. 어릴 적에 배우면서는 도대체 왜 그런 걸 만든 것인지 도무지 이해가 잘 안 됐지만, 생각해보면 기후변화가 심각한 밖에서는 얼마든지 만들 수 있을 터였다. 지금의 서울에서처럼 자유롭게 집 밖을 다닐 수 없을 것이고, 사람들과 대화하기 위해선 다른 포맷이 필요할 수도 있을 것이다. 연경은 무릎을 쳤다. 아까 저 희한한 아바타가 "처음 보는 언어"라고 말했다. 번역기를 활용해서 하는 대화인 모양이었다. 그래, 그래서였구나. 오히려 그래서 바깥에선 인터넷이 더 발달할 수 있었던 거네.

연경은 채팅 창에 몇 마디를 더 쳤다.

"내가 헤드셋이 없어서 같이 말을 할 수가 없어. 나는 채팅으로 할게. 이해해줘."

자신을 아린이라고 소개한 소녀의 아바타가 머리 중 하나만 살짝 옆으로 기울였다. 익숙해지면 저런 포즈도 자연스럽게 구사할 수 있는 섬세한 게임인 모양이었다.

"굳이……? 알겠어. 일단은……"

말을 하던 아린이 홀쩍 사라졌다. 뭐야? 빈자리를 혼자 빙글빙글 돌고 있자니, 다시 아린이 불쑥 나타났다.

"너 뭐 해?"

"뭐야, 어디 갔었어. 깜짝 놀랐잖아."

"아니, 나야말로……"

또 불쑥 사라졌다. 대화를 하자는 거야, 말자는 거야. 게임 방법도 잘 모르는데. 빙글빙글 맴돌며 아린을 찾던 연경은 에라이, 발을 한 번 쾅 구르고(그러기 위해 별 희한한 동작을 열심히 해야 했다) 그냥 다른 친구를 찾아보기로 했다. 한창 열심히 걷고 있는데 다시 아린이 불쑥 나타났다.

"너 뭐 하냐니까?"

"너야말로 뭐 하는 거야? 말하다 말고 갑자기 없어지면 어떡해. 나 오늘 처음 접속해서 아직 시스템에 익숙하질 않아."

아린이 손들을 희한하게 움직이며 자기 어깨와 허리를 만졌다. 처음 보는 동작이었지만 어째선지 '기가 막히네'라는 아린의 감정이 한눈에 읽혔다.

"내가 뭘 갑자기 없어졌다는 거야. 네가 여기서 계속 똑같은 곳만 왔다 갔다 하잖아."

"아닌데? 내가 언제?"

연경은 열심히 아바타를 이리저리 움직였다. 아린의 왼쪽과 오른쪽을 360도로 빙글빙글 오가며 갖가지 동작을 보여주었다. 연경의 아바타는 거의 춤을 추는 모양새였다.

"이거 봐. 내가 얼마나 열심히 널 찾아다녔는데."

아린은 넋이 빠진 표정으로 애쓰는 연경의 아바타를 지켜보더니, 그 너머로 뭔가를 찾기 시작했다.

"야, 너 설마…… 접속 좌표가……"

갑자기 연경의 작은 방이 쾅, 하고 흔들렸다. 지진? 지진인가? 아무리 온갖 종류의 재해에서 안전하게 방패를 씌워둔 서울이라고 해도 지진에서만큼은 안전할 수 없었다. 다행히 기후변화는 지질학적인 현상이 아니라 지금까지 안전할 수 있었지만, 혹시 모르는 일이니 반드시 조심해야 한다고 방패님은 몇 번씩이고 강조하곤 했다. 그런데 지금 이 타이밍에 지진이라니. 연경은 몸을 낮추고 책상 아래로 들어가야 한다고 생각했지만, 무서워서인지 몸이 잘 움직이질 않았다. 그사이 진동은 점점 강해졌다. 아, 정말로 안 돼. 책상 아래로 들어가야 해. 연경이 떨리는 다리에 힘을 주고 벌떡 자리에서 일어난 순간, 주위 환경이 확 바뀌었다.

연경의 주변이 아까 봤던 그 분홍색 벌판으로 환했다. 화면으로 보던 벌판은 약간 눈이 아픈 느낌이었지만, 막상 눈앞에서 바라보니 뭐라 형용할 수 없이 아름다웠다. 복숭아 내음과 비슷한 달콤한 향기가 사방에서 퍼져 나왔고, 벌판에 가득한 분홍 빛깔 물질은 끈적이지 않으면서도 촉촉하게 다리를 적셨다.

고개를 들자 그 자리에 아린이 있었다. 상상해본 적조차 없이 매끈하게 빛나는 황금색 피부, 꼭 닫힌 이마 위 눈의 속 눈썹이 아름다웠다. 평생 생각도 못 해본 신비로운 아름다움이었다. 멍하니 바라본 아린의 눈도 당혹감으로 가득했다. 한참 연경을 바라보던 아린이 겨우 입을 열었다.

"이렇게…… 생겼을 줄 몰랐네."

그 말을 듣고 몸을 내려다보니 연경은 두 팔과 두 다리를 가진, 연경 그 자체의 모습으로 메타버스 안에 들어와 있었다.

문득 나타나는 주변인들은 신기하다는 듯 아린과 함께 걷고 있는 연경을 쳐다보았다. 연경은 그때마다 아린을 돌아보았고, 아린은 약간 즐거워 보였다. 잠깐씩 지나가는 이들은 죄다 연경보다는 아린과 닮아 있었다. 눈, 코, 입을 비롯한 신체 부위들이 사람의 것과 비슷했지만, 그렇다고 사람은 아니었다. 주변 풍경도 지구에서 볼 수 있을 것이라고는 생각할 수 없는 모습이었다.

물론 연경은 평생 서울을 빠져나가본 적 없는 인간이었지만, 그럼에도 감각이라는 것이 그렇게 말하고 있었다. 이런 것들이 지구에 실존할 리가 없었다. 꿈은 아니었지만, 꿈이 아닌 것도 아니었다. 모든 것이 완벽했고, 기이할 정도로 환상적이었다. 연경은 가만히 아린에게 말을 걸었다.

"나 지금, 지구에 있는 거 아니지?"

"아, 네가 있던 행성?"

아린은 허리를 젖히고 깔깔 웃었다.

"당연히 네 몸은 거기 있는 게 맞지. 근데 너희 행성 사람들이 발견하진 못할 거야. 발견하지 못하는 차원 속에 있으니까."

연경의 눈이 휘둥그레졌다. 현정의 메모를 연경이 잘못 해석한 건 분명했다. 그것도 적당히 잘못 해석한 게 아니라 어마어마하게 잘못 해석한 모양이었다. 코딩이 어디서 어떻게 비꾸러졌는지 모르겠지만, 지구의 인터넷이 아니라 외계의 네트워크로 빠져버린 것이다. 연경은 양손으로 입을 틀어막았다. 아린은 그런 연경을 귀엽다는 듯 가만히 지켜보고 있었다.

"세상에…… 이런 루트를 발견해내다니…… 지구가 아직 멀쩡했다면, 옛날 같았으면 나 노벨상 받는 건데."

"노벨상? 그게……"

아린은 잠깐 말을 멈추고 머리를 굴리는 듯하더니 고개를 끄덕였다.

"아, 그렇겠구나. 지금 네가 있는 시간에선 못 받겠네."

연경은 안도의 한숨을 내쉬었다.

"그렇지? 지구가 망한 건 맞지?"

"어느 정도여야 망했다고 할 수 있는 건지는 모르겠고…… 너희끼리만 쓰는 네트워크도 이제 다 있네. 방화벽 밖으로 나온 사람은 너밖에 없지만. 조금만 지나면 다시 시상하겠는데? 네가 있는 시간에서 기껏해야 2년 뒤면 재개되는 모양이야."

고작 2년 뒤에 다시 노벨상이 시상된다고? 연경은 머리가 어지러웠다. 노벨상은 관련 재단에서 수여하는 것 아니었나? 노벨 재단 같은 고급 문화 기관이 2년 안에 다시 굴러간다고? 2년 뒤라면 아직 시작은 안 된 거잖아. 그러면 다시 운영할 계획을 지금 잡고 있다는 뜻인가? 이리저리 눈알을 굴리는 연경을 걱정스러운 듯 보고 있다가, 아린이 입을 열었다.

"그게 싫어?"

"그럴 리가…… 없어."

"그럴 리가 없다는 게 무슨 말이야? 너는…… 아, 너한테는 안 보이지."

아린은 연경의 눈을 가만히 들여다보다 쓸쓸하게 웃어 보였다.

"너 독재국가에서 왔구나."

독재란 통치자의 독단으로 모든 일을 처리하는 정치체제. 히틀러의 나치즘, 프랑코의 파시즘 같은 것. 연경은 거세게 고개를 흔들었다.

"아니야. 방패님은 독재자가 아니야. 우리 모두를 안전하게 지켜주고 계신 거라고. 지구상에 푸른 하늘이 남은 곳은 오로지 서울뿐이야. 서울에는 외곽을 둘러싼 단단한 방패막이 있어. 방패님이 둘러쳐준 안전한 방패막."

"그래, 지금 너희 바깥에 있는 사람들은 그걸 방패막이 아니라 벽이라고 불러."

아린은 안쓰럽다는 듯 두 손을 뻗어 연경의 뺨을 감쌌다. 그러자 또 생각지도 못했던 감각이 연경의 전신에 휘몰아쳤다. 평생 한 번도 느껴본 적 없는 포근하고 안온한 감각이었다. 이대로 생이라는 게 의미 없을 만큼 아주 작은, 원자보다도 작은 존재가 되어 시공간 속에서 나부낀다고 해도 온전히 받아들일 수 있을 것 같았다. 삶의 모든 숙제가 갑자기 너무도 작은 것이 되어버렸다. 연경은 두 눈을 감고 가만히 아린의 손길을 느꼈다. 그러나 그 손길은 그렇게 오래 머물진 않았다.

어느 순간 연경은 여기에 왜 왔는지, 무엇 때문에 머물고 있는지, 아무것도 떠올릴 수도 생각할 수도 없었다. 달콤한 공기는 계속 연경의 전신을 휘감아 돌았고, 풍경도 연경의 오감을 꿈처럼 자극했다. 연경에게 지금 가장 중요한 것은 그저 옆에서 함께 걷고 있는 아린이었다.

아린도 연경의 시선을 느끼는 것처럼 보였다. 때때로 연경을 바라보며 미소 짓는 아린의 얼굴은 아름답다는 표현만으로는 뭔가 부족했다. 물론 이 메타버스 속 수많은 사람의 얼굴은 다 아름다웠다. 하지만 그중에서도 아린의 얼굴은 남달랐다. 이게, 너의 이름을 불러주니 내게로 와서 꽃이 되는 효과인가?

뚫어져라 아린의 얼굴을 바라보던 연경은 문득 뇌가 살짝 마비될 정도로 달콤한 냄새를 맡았다. 머리가 멍해진 연경은 생각할 틈조차 없이 곧바로 손을 뻗어 바로 옆에 있는 나무에서 과일 하나를 땄다. 저도 모르게 입으로 가져가려는데, 아린이 연경의 손을 탁 내리쳤다. 아린의 표정은 이곳에 와서 본 적 없이 엄했다. 연경이 딴 과일은 금세 썩어 들어가더니 쉰내를 풍기기 시작했다. 연경은 눈살을 찌푸렸고, 아린은 무표정하게 나무껍질을 열고 자판을 꺼내 뭔가를 입력하기 시작했다.

연경은 전에 없던 깊은 슬픔을 느꼈다. 뭔지는 몰라도 아린을 실망시킨 게 틀림없었다. 아린의 짜증을 감각하자, 연경의 눈에서 하염없이 눈물이 쏟아지기 시작했다. 늘 방패님을 존경한다고 생각했고, 현정이 삶에서 제일 중요한 사람이라고 생각했는데. 이런 깊은 슬픔은 한 번도 느껴본 적이 없었다.

방패님은 언제나 존경스러우면서도 두려운 존재였다. 방패님 없이는 연경의 삶이 유지될 수 없었기에 절대적이었고, 연경의 삶이 존재할 수 있도록 배경을 만들어줬기에 존경스러웠고, 연경의 삶을 언제든 앗아갈 수 있기에 두려웠다. 하지만 지금 막 만난 아린은 달랐다. 연경은 맥락을 알지 못함에도 아린에게 깊은 존경과 두려움을 동시에 느꼈다. 아린이라는 존재 자체가 주는 압도적인 감각이었다.

아린은 연경의 눈에서 눈물을 닦아냈다. 우는 연경을 여덟 개의 팔을 다 써서 꼭 안아주었다. 울던 연경은 금세 다시 다른 차원으로 몸이 뜨는 것처럼 안온해짐을 느꼈다. 흐느끼는 연경의 전신을 여덟 개의 손으로 쓰다듬으면서, 아린이 다시 입을 열었다.

"도대체 그 동네에서 여기는 어떻게 온 거야?"

어디서부터 이야기를 시작해야 할지, 가만히 고민하던 연경은 아예 처음부터 이야기를 하기로 했다. 은평구 역촌동 출산센터에서 시작된 자신의 작은 삶, 컴퓨터를 다루다가 만나게 된 현정과의 추억, 방패님을 둘러싼 서울에서의 기억, 컴퓨터를 다루면서 가장 행복했던 순간들, 현정과의 우정, 대학교에 들어와서 벌어진 일들, 현정이 마지막으로 남기고 간 말, 현정을 어떻게든 되찾고 싶었던 마음까지. 하나둘씩 아린에게 털어놓자 잊고 있었던 현정에 대한 마음이 다시 살아나기 시작했다. 그랬다. 연경은 현정을 구하기 위해서 여기까지 온 것이었다. 현정이 시킨 대로, 방화벽을 넘어 현정을 구조하기 위해서. 끝없이 이어지던 연경의 이야기가 끝나자 아린은 어스름한 미소를 띠고 있었다. 마치 예전에 박물관에서 보았던 불상을 닮은…… 그 불상 이름이 뭐였더라. 석조약사……

빙그레 미소 짓던 아린은 천천히 입을 열었다.

"월담하려다 접천했구나."

아린은 여덟 개의 팔을 위아래로 꼬면서 천진하게 계속 말을 이어갔다.

"내가 너한테 그걸 해주면 되는 거야? 네 친구를 찾아서 구해주는 거?"

연경은 고개를 끄덕였다. 이곳의 아름다움에 이끌려서 현정을 완전히 잊고 있었던 게 낯 뜨겁기까지 했다.

"하지만 여기에서 갑자기 내 친구를 어떻게 찾을 수 있을까? 현정이는 나한테 방화벽을 넘어가서 세상 사람들한테 이런 상태라는 걸 알려달라고 한 거지, 외계로 넘어가라고 한 건 아니었는데. 뭘 어떻게 잘못 계산했는지는 모르겠지만, 어떻게 해야 현정이를 구할 수 있지?"

침울해하는 연경의 어깨를 아린이 장난스럽게 두드렸다. 가벼운 접촉에도 심금을 울릴 만큼 강한 행복감이 밀려들었다. 이쯤 되자 연경은 아린이 알면서 이러는 건지, 모르고 이러는 건지 궁금할 지경이었다.

"네가 네 친구를 기억하고 있다면 그 정도는 금방 찾아. 걱정할 것도 아니야. 가자. 내가 지금 당장 네 친구가 어디 있는지 찾아줄게. 다음은 네가 하고 싶은 대로 하면 돼."

아린은 네 개의 팔을 뻗어서 연경의 어깨와 허리를 감싸고 훌쩍, 차원을 뛰어넘었다.

연경은 그제야 사람들이 자꾸 눈앞에 나타났다가 사라졌던 연유를 깨달았다. 초반에 아린이 자꾸 사라졌던 이유도, 괴상한 춤을 추던 자신을 어떻게 이 메타버스 안으로 데려온 것인지도 비로소 이해됐다. 연경은 당연히 차원을 이동해본 적이 없었지만, 이 움직임은 '차원 이동'이라는 말로밖에 표현할 수 없었다.

연경의 눈앞에 지금까지 알고 있던 것과는 다른 세계들이 끊임없이 펼쳐졌다. 각 세계는 조금씩 다른 풍경을 가지고 있었다. 초록빛일 때도 흰빛일 때도 있었지만, 연경이 한 번도 본 적 없는 색깔일 때도 있었다. 때때로 시각적으로는 어떤 색깔도 느낄 수 없었지만 다른 감각들이 아주 예민해져서 심장이 벌렁거리기도 했다. 그러나 각 세계에 머무는 시간은 아주 짧았다. 아린의 목적은 여러 세계를 경험시켜주는 게 아니라 현정을 찾는 것이었다. 그리고 아린의 움직임은 연경이 파악할 수 있는 한도를 아득히 뛰어넘는 것이었다.

연경은 점점 숨이 거칠어졌다. 모든 세계는 참을 수 없을 정도로 아름다웠지만, 계속 경험하다간 정신이 남아나지 않으리라는 확신이 들었다. 그때 아린의 손 여덟 개 중 하나가 연경의 눈을 가렸다.

"네 감각 중에 가장 많은 부분을 차지하는 건 스스로 차단할 수 있잖아. 힘들면 눈을 감고 가자."

연경은 얼른 아린이 시키는 대로 눈을 꼭 감았다. 하지만 눈의 감각을 차단하는 것만으로는 부족했다. 코와 귀와 피부가 활짝 열려 끊임없는 차원 이동을 온몸으로 감각했다. 연경의 주변으로 물이 흘렀고, 꿀이 흘렀고, 피부로 느낄 수 있는 빛이 쏟아졌다. 세상은 끝도 시작도 없이 연경의 몸을 둘러싸고 넘쳐흘렀다. 연경의 정신은 몸과 완전히 하나가 되어 아득하게 바닥으로 꺼졌다가 솟아오르기를 반복했다. 얼마큼의 차원을 지나왔는지 모르겠지만, 아린이 손을 풀어주었을 때 연경은 흰 구름 위에 둥실둥실 떠 있는 느낌이었다. 거대한 지도처럼, 혹은 쏟아지는 폭포수처럼 현정과 연경의 삶이 눈앞에 광활히 펼쳐져 있었다.

그제야 연경은 상황을 어렴풋이 파악할 수 있었다. 가장 높은 단계로 올라가서야 간신히 목도가 가능한 차원들이 긴 선을 이루고 있었다. 기다란 국수 가락처럼 보이기도, 멋진 매듭을 이루고 있는 두꺼운 밧줄처럼 보이기도 했다. 아린의 말은 사실이었다. 광대한 국수 가락 속에서 연경은 낮게 빛나는 현정을 금세 찾아냈다. 이리저리 꼬부라진 선들 사이를, 베틀을 오가는 손가락처럼 헤집고 내려가 뒤틀린 현정의 시간선들을 쫓아갔다. 연경이 놓아두고 온 시간선 속 현정은 당국에 끌려가 호된 취조를 당하고 있었다. 조금 더 지난 시간선에서는 고문을 당하고 있었다. 고문이라니. 세상에, 고문이라니. 발톱이 뽑히는 현정이 느릿하게 움직이는 시간선을 바라보며 연경은 눈물을 흘리다가 문득 고개를 돌려 자신의 시간선을 바라보았다. 연경의 긴 시간선은 어이가 없을 정도로 텅 비어 있었다.

"내 것만 왜 이래?"

"그야 너는, 저 밖으로 빠져나와버렸으니까."

이해가 잘 안 되어 고개를 갸웃했지만, 아무튼 저 시간선으로 돌아가면 해결될 문제였다. 설마하니 메타버스 한번 들어왔다고 다시 못 돌아가진 않겠지. 연경은 어깨를 으쓱하고는 다른 선들을 주욱 훑어보기 시작했다. 활공하고 있는 것처럼 보이는 온갖 선들은 단호하게 한 가지를 알려주고 있었다. 방패님은 연경과 사람들을 속이고 있던 게 분명했다. 세계는 회복되고 있었으며, 방패막을 없애라는 요구도 빗발쳤다. 사람들은 대화했고, 무역했고, 함께 계획을 세웠고, 서로를 도왔다. 그 모든 소통 속에서 서울만 오롯하게 배제되어 있었다.

연경은 고개를 들어 현정이 쌓여 있는 다른 시간선들을 보았다. 고문으로 몸과 정신이 망가져버린 현정 위에, 생각지도 못한 다른 현정의 가능성들이 켜켜이 쌓여 있었다. 지금 빛나고 있는 것은 오로지 고문을 앞둔 현정의 시간선뿐이었지만, 연경의 눈에는 모든 현정이 아름답게 빛났다. 현정은 달렸고, 춤췄고, 노래했다. 사랑하기도, 아이를 낳기도, 여러 가지를 꿈꾸기도 했다. 현정의 시간선 하나하나에 손을 댈 때마다 그 위의 현정이 꽃잎처럼 생생했다.

아린은 여전히 엷은 미소를 띤 채 연경을 바라만 보고 있었다.

"어떻게 할 거야? 어느 시간선을 선택하고 싶어?"

아린은 연경이 특정한 시간을 '선택'할 것이라고 생각했지만, 연경은 팔을 뻗어 자신이 안을 수 있는 최대한의 시간선들을 모조리 안아버렸다. 고문을 당하고 있는 현정의 시간선도 포함되었다. 아린이 입을 떡 벌리고 있던 차, 말릴 새도 없이 연경은 있는 힘껏 끌어당겨 현정의 시간선들을 하나로 뭉쳐버렸다.

"아, 그걸……"

아린은 어처구니없다는 듯 웃음을 터뜨려버렸다. 현정의 시간선들 사이에 있던 벽이 무너졌다. 벽이 무너진 선들은 마치 합선된 전기선 다발처럼 보였고, 선이 하나씩 서로 맞닿아서 무너질 때마다 엄청나게 커다란 소리가 들렸다. 소리의 크기는 우레와 같았지만, 그 빛깔은 달랐다. 하늘을 온통 뒤덮은 거대한 종에서 맑고 청량한 꿈결이 일렁이는 듯, 귓바퀴를 감싸고 돌던 부드러운 소리가 귓속으로 날카롭게 파고들었다. 시간선으로 이루어진 거대한 전선 더미 여기저기에 불이 꺼졌다. 또 어떤 시간선은 말도 안 되게 환히 빛났다. 크리스마스트리처럼 이리저리 반짝이던 시간선은 마침내 하나로 휘감아 돌며 공중으로 높이 떠올랐다. 그리고 커다란 연꽃 모양으로 활짝 펼쳐지더니 천천히 다시 자리에 내려앉았다. 하나로 맺힌 연꽃의 꽃받침이 반짝, 눈을 떴다. 아직 너무 밝아 현정이 뭘 하고 있는지는 잘 보이지 않았다. 연경은 눈을 부릅뜨고 꽃받침 속에서 현정의 모습을 찾으려 애썼지만, 야속하게도 NPC의 안내가 들려오기 시작했다.

"무료 접속은 9✱✱✱까지만 가능합니다. 이제 0.3✱✱✱ 남았습니다. 곧 접속이 종료될 예정입니다. 접속 연장을 하시려면 결제가 필요합니다."

아쉽다는 표정으로 아린의 머리들 전부가 입맛을 쩝, 다셨다.

"내가 용돈이 그렇게 많은 편은 아니야. 아직 미성년자거든."

"미성년자였구나. 외계인도 용돈을 받네. 게임도 하니까 당연한가."

"나는 이거 매달 용돈 받을 때마다 결제해두는 거야."

"그럼 나는 이제 가야겠네."

"응. 접속이 종료되면 원래 있던 자리로 바로 돌아가게 될 거야."

"현정이는 어떻게 되었을까?"

희미한 미소만 짓던 아린이 이번에는 태양처럼 환하게 웃었다.

"걱정 마. 네가 원하는 대로 되었을 테니까. 너 같은 외부의 존재가 여기로 뛰어 들어오면 반드시 그가 원하는 대로 되고야 만다고 했어. 할머니한테 들었는데, 옛날에도 너 같은 존재가 뛰어 들어온 적이 있었대. 벽을 뛰어넘으려다 아차, 실수해서 천장까지 닿아버린 똑똑한 친구. 할머니는 그 친구를 그 이후로 다시 보지 못하셨지만, 나한테 얘기는 정말 많이 해주셨거든. 그 친구는 여기 와 '하늘에 맞먹는 큰사람'이라고 자칭하면서 '제천대성'이란 이름을 받아 갔다던데. 하늘에 닿아버렸으니, 너도 같은 이름을 받아 가도 되지 않을까."

제천대성. 어디서 많이 들어본 이름인데, 뭐였더라. 중국 고사랑 관련된 사람이려나. 다시 서울로 돌아가면 그것부터 찾아봐야겠다고 생각하고 있자니 서서히 시야가 어두워지기 시작했다.

"잘 돌아가. 행복하게 살아."

연경의 몸체가 희미해지는 걸 보면서 아린은 낮게 중얼거렸다.

"제천대성도 돌에서 태어났던데, 저 친구는 자기가 돌에서 태어난 걸 알려나 모르겠네. 친구 미래는 열심히 보더니만, 희한하게 자기 과거는 안 들여다보고 가네."

출산센터의 시험관 배양을 통해서가 아니라 복제된 난자와 정자를 합쳐 연경을 만드는 어두컴컴한 과거의 시간선을 바라보던 아린은, 오늘은 여기까지만 접속하고 할머니한테 가서 이런 존재들은 일반적 출산 과정에선 나타날 수 없는 건지 물어보기로 했다.

접속이 종료되고 서울로 돌아가기까지는 조금 시간이 걸렸다. NPC가 안전하게 접속이 종료될 때까지 기다리란 얘기를 계속 해주는 동안, 연경은 돌아가면 펼쳐질 미래로 가슴이 뛰었다. 현정이 돌아와 있을까. 어떤 모습으로 돌아와 있을까. 방패님이 우릴 속인 것에 대해선 대체 어떻게 해야 하지? 고문을 하다니, 정말 믿을 수 없어. 연경은 돌아온 현정과 함께 어떻게든 방패막을 무너뜨릴 생각이었다. 어디 그뿐인가. 방에 돌아가면 현정이 써놓은 메모가 그대로 남아 있을 것이다. 내가 해석한 방법대로 하면 외계인의 메타버스로 들어갈 수 있다는 사실도 세계에 발표해야지. 그러면 진짜 노벨 물리학상은 따놓은 당상이다. 신이 난 연경은 눈을 꼭 감고 키득거리면서 접속이 종료되기만을 기다렸다.

연경은 알 턱이 없었다. 자유로워진 세계에서 행복하게 떠돌아다니며 살면서 아이를 둘이나 낳고 이제 65세 생일을 앞두고 있는 현정이, 톈산산맥 근처에서 하늘을 바라보며 오늘도 갑자기 사라진 친구 연경을 그리워하고 있다는 사실을.

무너뜨리기

이유리

어느 날 저녁, 정진은 밥을 먹다 말고 기나긴 방귀를 뀌었다. 뽕, 하는 귀여운 수준의 것은 아니었고 굳이 묘사하자면 뿌드드득,에 가까운 데다 끝에는 뭔가 약간의 축축함이 묻어 있달까, 아무튼 찝찝한 뒤끝을 상상하게 만드는, 하지만 뀐 사람은 정말 배 속이 시원하겠다 느낄 만큼 후련한 방귀였다. 정진은 그러면서 엉덩이 한쪽을 약간 들기까지 했다. 수정은 그것을 기억해두었다. 그 엉거주춤한 동작까지를 포함한 그날 저녁의 모든 장면을. 그때 그들은 각자 한 손에 비닐장갑을 낀 채 피자를 먹고 있었고 텔레비전에서는 밥 먹을 때마다 항상 틀어놓곤 하는 프로그램 〈그것이 알고 싶다〉가 나오고 있었다. 일요일이었으므로 둘 다 느지막이 일어나 양치질도 세수도 하지 않은 상태였다. 수정은 스프링 머리띠로 앞머리를 시원하게 올린 채 톡 튀어나온 이마를 드러내고 있었고 정진은 알몸에 목 늘어난 티셔츠 한 장만 걸치고 있었다. 언젠가부터 정진은 답답하다는 이유로 집에서 바지는커녕 팬티도 입지 않았다. 수정은 그것을 별로 신경 쓰지 않았다. 건너편 아파트에서 보이지만 않으면 된다고 여겼고, 더 솔직히 말하자면 보인다 한들 별일 있겠느냐고 생각했다. 정진의 알몸은 누가 보더라도 마흔에 가까운 평범한 아저씨의 것이었으므로 보는 사람만 손해일 테니까. 정진이 맨엉덩이로 소파에 앉는 건 조금 찝찝하게 느껴져서 잔소리를 한 적도 몇 번 있긴 했지만 그때뿐이었다. 그러던 와중 시원하게 방귀. 범선이 내는 뱃고동 소리 같은 우렁찬 방귀가 울려 퍼진 것이다. 심지어 저녁 식사 시간에.

그것이 뱃고동이라면 분명 항구를 떠나는 소리일 거야, 하고 수정은 생각했다. 어떤 항구인가 하면 설렘, 수줍음, 뭐 그런 거창한 감정까진 아니어도 분명 그런 느낌을 환기하는 과거의 어떤 것. 수정과 정진이 예전에는 서로에게 갖고 있었지만 7년간의 결혼 생활 중 어느샌가 잃어버리게 된 그것. 한때는 버거워 얼른 잃고 싶기도 했었지만 막상 잃고 나니 아쉬운, 서로를 통해서는 평생 다시 가질 수 없지만 서로가 아닌 다른 이에겐 가지면 안 되는 바로 그 감정.

물론 수정도 알고 있었다, 자연스러운 일이라는 것을. 항구를 떠난 배는 분명 다른 곳에 닿을 것이다. 사랑보다는 우정 혹은 의리에 가까운, 안정, 편안함, 모든 부부가 궁극적으로 다다르는 그곳에. 그건 나쁜 것도 아니고 섭섭할 일도 아니다. 수정은 스스로를 어른스럽다고 생각하는 타입은 아니었지만 적어도 그런 것을 구분할 수 있을 만큼은 어른이었다. 이러한 결말은 정진이 아닌 누구와 함께였어도 마찬가지였을 테고, 그러므로 이는 정진의 잘못이 아니라는 것까지도 수정은 알고 있었다.

그래서 수정은 리빌딩rebuilding을 제안한 것이 다름 아닌 정진 쪽이라는 사실에 약간의 배신감을 느꼈다. 제 딴에는 굉장히 고민하다가 겨우 이야기한다는 투로, 살살 눈치를 보면서 꺼낸 말이라는 점이 더더욱 그랬다. 우리 서로 합의된

거 아니었어? 부부라면 으레 그런 거라고, 이렇게 되는 게 올바르고 불가항력적인 일이라는 사실에 동의한 거 아니었냐고. 수정은 따져 묻고 싶었으나 꾹 눌러 참았다. 따지기 시작하면 한도 끝도 없는 문제고 결국엔 말하게 되었을 테니까, 피자를 먹으며 정진이 뀌었던 긴 방귀에 대해서까지. 정진의 귀엔 우리가 이렇게 된 건 네가 매력이 없기 때문이라는 뜻으로 들릴 것이었고, 그럼 결국엔 너는? 너는 매력이 있는 줄 알아?로 시작되는 지루한 말싸움의 서막이 열릴 게 뻔했다. 그러므로 수정은 대신 이렇게 말했다.

"꼭 그렇게까지 해야 해? 우리 지금 좋잖아."

그러자 정진은 입술을 오므리며 고개를 떨구었다. 수정은 그게 정진이 하고 싶은 말을 참을 때 짓는 표정이라는 사실을 잘 알았다. 참다못한 수정이 뭐야, 할 말 있으면 해,라며 알아서 말문을 열어줄 것을 아는 정진이 일부러 티 나게 저런 표정을 지어 보이곤 한다는 사실조차 이미 눈치채고 있었다. 수정은 정진의 머릿속을 빤히 읽고 있는 자신을 발견하고 속으로 쓸쓸한 미소를 지었다.

"할 말 있으면 해."

"그냥 재미 삼아…… 재미 삼아 해보는 거지, 뭐. 나도 지금 좋아. 만족해. 다만……"

"다만?"

식탁 위에 놓인 리빌딩 팸플릿에 한참 시선을 주던 정진이 작게 중얼거렸다.

"……예전에는 더 좋았잖아, 우리."

예전이 언젠데? 수정은 무심코 되물으려다 멈추었다. 그럴 필요도 없이 알고 있었으니까. 혹시 실례가 되진 않을까 말 한마디도 조심하던 시절, 서로의 사이에 둔 몇 겹의 벽 너머로 조금씩 선명해지기 시작하는 실루엣에 가슴 떨리던 시절이 분명 그들에게도 있었다. 정진의 표정, 눈빛, 손동작 하나하나를 알 수 없는 신호로 규정하고 그 의미를 해독하려 애쓰던 때가.

수정은 정진이 눈을 박고 있는 팸플릿을 내려다보았다. 3단으로 접힌 분홍색 표지에 서양 남녀 한 쌍의 사진이 들어가 있는 그것은 언뜻 보면 거리에서 나누어 주는 포교 팸플릿처럼 보였다. 표지만 보아선 도무지 무엇을 설명하고 있는 것인지 종잡을 수 없는 디자인이었다. 사진 속 남녀는 손을 잡은 채 수줍은 표정으로 각자 다른 쪽을 보고 있었다. 그 아래에는 고딕체로 다음과 같은 문장이 씌어져 있었다.

당신이 잃은 것은 생각보다 좋은 것일지도 모릅니다.

그럴지도 몰라. 수정은 생각했다.

당신은 어떤 넓은 공간에 와 있습니다. 가능한 한 가장 넓은 공간을 상상해보세요. 초원, 들판, 혹은 건물 안. 아무 곳이나 좋습니다. 가장 처음으로 떠오른 곳을 계속 떠올리세요. 그리고 조금씩 구체화해봅시다. 자, 눈앞에 무엇이 보이나요?

"그냥 하얀 공간인데요. 아무것도 없어요."

……그렇군요. 좋습니다. 당신은 하얀 공간에 서 있습니다. 주변에는 아무도 없고 사방이 고요합니다. 정말로, 이곳은 참으로 조용합니다. 당신의 숨소리조차 들리지 않습니다. 오직 고요뿐입니다. 완전한 고요.

완전한 고요. 왜인지 모르겠지만, 그 말에 수정은 가늘게 실눈을 떴다. 물론 아무것도 보이지 않았다. 이 방에 들어올 때부터 쭉 두꺼운 안대를 쓰고 있었으니까. 안대에서는 은은한 라벤더 향이 났다. 마음을 편안하게 만들어주려는 의도겠거니 생각했지만, 그걸 의식하니 오히려 심기가 불편해져 의자 위에서 티 나지 않게 몸을 비틀었다. 정진은 뭘 하고 있을까. 수정과 동시에 옆방으로 들어간 정진도 아마 비슷한 상황에 놓여 있을 것이다. 침대처럼 푹신하고 긴 의자에 누워 이어폰을 꽂고, 어디서 들려오는지도 모르겠는 누군가의 목소리를 들으며 라벤더 향을 맡는.

정진은 이게 정말 효과가 있다고 믿는 걸까. 수정은 그게 제일 궁금했다.

이곳을 찾았을 때 수정은 여러 번 놀랐다. 가장 처음 놀란 건 물론 정진이 차 안에서 머뭇거리다 말해준 리빌딩의 가격 때문이었다. 정진은 자기가 모아둔 용돈을 쓰겠다고 했고 그러지 않더라도 영 못 낼 금액은 아닌 수준이었지만, 이 애들 장난처럼 보이는 행위에 이 정도 돈을 쓴다는 것이 수정은 영 놀라웠고 또 찜찜했다. 뻔히 보이는 상술에 속아 넘어가고 있는 것 같았다.

이것이 장난질처럼 느껴지는 이유는 아마 이 장소가 주는 인상 때문일지도 몰랐다. 분명 팸플릿에 나와 있는 주소를 찍고 도착했지만, 주차를 하면서도 두 사람은 제대로 온 것이 맞는지 긴가민가했다. 병원이나 상담소 같은 느낌의 공간을 생각했으나 도착한 곳은 번화가 귀퉁이에 있는 평범한 주거용 오피스텔이었다. 문 역시 'Rebuilding'이라고 씌어진 손바닥만 한 금색 명패가 달린 것을 제외하면 일반적인 가정집의 현관문과 똑같았다. 명패 밑에 붙어 있는 중국 음식점 전단지를 바라보며 둘은 같은 얼굴로 눈을 마주 보았다. 제대로 온 거 맞나.

초인종을 누르니 문을 열어준 사람은 집에서나 입을 법한 트레이닝복 차림의 여자였다. 여자의 등 뒤로 보이는 집 안의 모습은 더더욱 기괴했다. 주방이 딸린 작은 거실에 방이 두 개 있는 평범한 집이었는데, 불이 모두 꺼져 있고 두꺼운 커튼이 꽉 닫혀 있었는데도 전혀 어둡지 않았다. 사방에 켜져 있는 양초 때문이었다. 언뜻 세어도 수백 개는 될 법한 다양한 길이의 흰 양초들이 창틀에, 싱크대 위에, 심지어 천장에까지 대롱대롱 매달려 숨 막히는 향을 내고 있었다. 이러다가 불나는 거 아니야, 하고 수정은 겁먹은 얼굴로 집 안을 휘둘러보았다. 2인용 소파 등받이에 금색 별이 박힌 진보라색 담요가 아무렇게나 걸쳐져 있었다. 무슨 의미인지 모를 둥글고 각진 마법진 같은 게 그려진 포스터들이 여기저기에 붙어 있는 데다 방 한쪽에는 거의 실물 크기에 가까운 흰 유니콘 인형이 뾰족한 마녀 모자를 쓴 채 놓여 있었다. 종이를 오려 만든 박쥐 모양 갈런드도 걸려 있었다. 수정의 눈에는 이 모든 것이 조악하기 그지없어 보였다. 대학생들이 축제 때 임시로 어설프게 꾸며놓는, 타로 점이나 손금을 봐주는 부스에 들어온 기분이었다. 수정이 당초 기대했던, 의학이나 과학에 기반한 무언가는 절대로 이곳에 없을 것 같았다.

"아내분은 리빌딩을 믿지 않으시는군요. 그렇죠?"

여자의 목소리에 수정은 화들짝 놀라 뒤돌아보았다. 여자는 아직도 현관에 서 있었다. 일렁이는 촛불에 드러난 여자의 몸피는 굉장히 굵었고 모든 부분이 둥글었다. 특히 둥근 것은 눈이었다. 거의 원형에 가까울 만큼 둥그렇고 큰 눈이 수정을 빤히 바라보고 있었다.

"네, 솔직히 말하자면 그래요."

옆에서 정진이 원망스러운 눈초리로 쳐다보고 있었지만 수정은 거짓말하지 않기로 했다. 여자가 통통한 손으로 입을 가리고 웃었다.

"오히려 잘됐어요. 리빌딩은 믿지 않는 사람에게 더 효과적이거든요."

수정도 어색하게 웃어 보였으나 속으로는 당연히 수긍하지 않았다. 그런 말에 걸려들 것 같으냐. 여자는 두 사람을 식탁으로 안내하고 자기도 맞은편에 앉았다. 식탁 한가운데 켜진 거대한 보라색 양초 밑으로 음식 자국이 지저분하게 찍혀 있는 것을 수정은 눈여겨보았다. 양초 너머로 여자가 말했다.

"크게 설명드릴 건 없어요. 각자 저 방으로 들어가서 의자에 누우신 후, 안대를 쓰고 이어폰을 낀 다음 소리에 귀를 기울이시면 돼요."

"소리요?"

"네, 의자에 누우시면 리빌딩 전문가와 일대일로 연결될 거예요. 그분이 다 알아서 해주실 테니 지시에 따르기만 하시면 됩니다."

그런 허접한 방법뿐인가요? 수정은 되묻고 싶은 것을 참고 묵묵히 지시에 따랐다. 정진과 다른 방으로 들어가 의자에 누워 이어폰을 꽂고, 귓속으로 들어오는 목소리가 시키는 대로 상상하려 애쓰고 있는 지금이 우습기 짝이 없게 느껴졌지만. 자신감에 찬 여자의 동그란 눈이 아직도 수정의 마음속에 깜박거리고 있었다.

완전한 고요 속에, 당신은 걸어갑니다. 공간은 당신이 걸어가는 만큼 넓어집니다. 무한히. 끝도 없이. 이렇게 넓은 공간을 당신은 이전까지는 본 적이 없습니다. 계속 걸어가던 당신은 어느 순간, 이곳이 당신의 마음속이라는 사실을 깨닫습니다. 당신의 다리는 계속 움직입니다. 걷습니다. 걷고 또 걷습니다.

그게 말이 되나…… 하지만 된다고 치지, 뭐. 수정은 시키는 대로 상상 속에서 발걸음을 옮겼다. 희고 무한한 공간. 발밑에는 그림자조차 없었다. 이렇게 황량하고 무서운 곳이 내마음이라니. 그러고 보니 이곳엔 풀 한 포기 꽃 한 송이 자라지 않은 지 오래되었다. 그게 내가 여기 누워 있는 이유겠지. 수정은 무감한 상태로 계속 걸었다.

어느 순간 저 멀리 작은 점이 보입니다. 당신이 걸어갈수록 점은 점점 커지며 형체가 또렷해집니다. 당신은 점에게로 다가갑니다. 이윽고 당신은 그 형체를 알아봅니다. 당신의 남편입니다. 그 역시 당신을 향해 걸어오고 있습니다. 두 사람은 조금씩 가까워집니다. 당신은 이제 남편의 얼굴을 볼 수 있습니다. 그는 어떤 표정을 하고 있나요?

"……아무런 표정이 없어요."

그렇구나. 수정은 상상의 공간 속에서 마주한 정진의 얼굴을 빤히 바라보며 자각했다. 언제부터였을까, 정진을 떠올리면 머릿속에 그려지는 그 얼굴에 표정이 사라진 것은. 예전에는 머릿속의 그가 잔잔한 미소를 짓고 있던 때가 있었다. 그들이 아직 결혼하지 않았던 시절, 함께 여행을 떠난 어느 밤 이후의 일이었다. 잠자리가 설어 뒤척이던 수정이 잠깐 까무룩 잠들었다 눈을 떴을 때였다. 정진이 어둠 속에서 수정을 내려다보고 있었다. 꼭 갓 태어난 동물을 보듯 그저 하염없이 사랑스럽다는 눈길로, 온 얼굴에 잔잔한 미소를 띠고서. 수정은 그 눈을 한참 마주 들여다보며 정진이 자신의 모든 것을, 그러니까 외부와 내부, 과거와 현재와 미래를 전부 사랑한다는 것을 알았고 정진을 향한 자신의 마음 또한 그렇다는 것을 알았다. 그 이후로 수정은 정진을 떠올릴 때면 저절로 그 어둠 속의 웃는 얼굴이 그려지곤 했었다. 그런데 그 얼굴은 어느샌가 무표정하고 생기 없는 얼굴로 대체되어 있었다. 텔레비전이나 휴대폰을 들여다보는 얼굴. 그저 시간을 때우기 위해 관심 없는 것을 들여다보는 얼굴. 그런 얼굴을 마음에 담고도 수정 역시 아무렇지 않았다.

남편과 당신은 말없이 서로의 눈을 마주 보고 있습니다. 아주 가까이 붙어 선 채로. 당신은 남편의 속눈썹 한 올 한 올, 빨간 눈구석부터 눈동자 깊은 곳의 생김새까지 볼 수 있습니다. 남편이 내쉬는 숨이 당신의 얼굴에 와 닿았다가 흩어집니다.

그 말 때문인지 수정은 갑자기 얼굴이 조금 간지러운 것 같았다. 아니, 정말로 간지러웠다. 코 언저리에 약한 바람이 불었다 말았다 하는 기분. 수정은 얼굴로 손을 뻗어 코를 문지르다 가만히 멈춰보았다. 손등에는 아무것도 느껴지지 않았다. 바람을 의식하고 나자 기묘하게도 상상 속 정진이 더욱 또렷해졌다. 마치 정말로 눈앞에 서서 고른 숨을 내쉬고 있는 것처럼.

이윽고 당신은 한 발짝 뒤로 물러섭니다. 천천히, 아주 천천히.

수정은 문득 팔다리가 묵직해짐을 느꼈다. 의자에 달라붙은 등, 거기에 달려 있는 팔다리와 손끝, 발끝까지 수정의 온몸에 적용되는 중력이 조금씩 조금씩 강해지는 느낌이랄까. 그와 동시에 상상 속의 수정은 목소리의 명령에 순순히 따르며 뒤로 한 발짝 물러섰고 그 움직임은 진짜 수정의 그것보다 훨씬 생생하게 느껴졌다. 현실이 아님을 알고 있었지만, 안대를 벗었을 때 실제로 희고 광막한 공간에 똑바로 서서 정진을 마주 보고 있는 자신을 발견하더라도 수정은 놀라지 않을 것만 같았다. 이거 최면인가. 수정은 정신을 똑바로 차리려고 애쓰다가, 굳이 그러지 않기로 했다. 무슨 일이 일어나는지 지켜보는 것도 나쁘지 않겠지.

남편도 당신을 따라 똑같이 뒤로 한 발짝 움직입니다. 이제 두 사람은 서로 두 발짝 떨어져 있습니다. 이번에는 남편이 한 발짝 물러납니다. 당신도 따라 움직여서, 두 사람은 네 발짝 떨어지게 되었습니다. 지금 두 사람은 서로를 조금 멀리서 바라보고 있습니다.

정진이 저렇게 생겼었나. 수정은 새삼스럽게 정진의 얼굴을 뜯어보며 생각했다. 분명히 아는 사람인데, 매일 보는 그 얼굴인데 어느 날 군중 속에서 스쳐 지나가면 그만 감쪽같이 알아보지 못할 것도 같았다. 그리고 마주 선 정진 역시 자신의 얼굴을 두고 그렇게 생각하고 있다는 것을 느낄 수 있었다.

당신은 문득 당신이 손에 벽돌을 하나 쥐고 있다는 것을 알게 됩니다. 벽돌은 희고 단단해 보입니다. 당신은 그것을 살펴봅니다.

……벽돌?

의문을 갖기도 전에 수정의 손에는 정말로 벽돌 하나가 덩그러니 들려 있었다. 뭐야, 언제부터 내가 이런 걸 쥐고 있었지. 수정은 당황하여 그것을 내려다보다가, 다른 쪽 손으로 살그머니 쓰다듬어보았다. 이 공간만큼이나 새하얀 그것은 생각보다 묵직했고 표면에는 작은 구멍이 숭숭 뚫려 있어 매끄러우면서도 거칠었다. 살아 있는 무언가로부터 갓 떼어 온 것처럼 미지근했다.

당신은 허리를 숙여 당신과 남편 사이에 벽돌을 내려놓습니다. 두 사람은 벽돌을 내려다봅니다. 그런데 벽돌이 조금씩 자라나는 것 같습니다. 아니, 확실히 그렇습니다. 조금씩, 느리지만 꾸준히, 벽돌은 커지고 있습니다. 낯선 사람을 감지하고 느끼는 불안처럼, 마음속에 퍼지는 불신처럼 벽돌은 이제 점점 빠르게 자라납니다. 자라나고 또 자라납니다.

목소리의 지시는 없었지만, 수정은 자기도 모르게 뒤로 몇 걸음 물러났다. 스멀스멀 자라 어느새 무릎 위까지 올라온 벽돌이 무서워서였다. 단지 크기가 커지고 높이가 높아진 것뿐인데 이런 돌멩이 따위가 이렇게 무서울 일인가. 그러나 무서웠다. 왜 공포를 느끼는지도 모르는 채로 수정은 천천히 커지고 높아지는 벽돌을 지켜보았다. 이제 벽돌은 벽돌이라고 부르기엔 너무 커서 차라리 벽, 그래 벽이라고 불러야 될 것 같았고, 그런데 벽, 벽이라니. 그 단어를 인지하자마자 차가운 소름이 수정의 목덜미를 타고 올라왔다.

그러는 사이 벽은 점점 빠르게 자라나, 위로는 어느덧 그들의 턱밑까지 올라와 있었고 옆으로는 한눈에 양 끝을 볼 수 없을 만큼 길어져 있었다. 수정은 겁먹은 눈으로 벽 건너편을 넘겨다보았다. 이제 코 위까지만 보이는 정진은 여전히 무표정했다. 그저 무감한 눈으로 수정을 응시하고 있을 뿐이었다. 정진아. 입을 벙긋거렸지만 목소리가 나오지 않았다. 그러나 소리를 내어 불렀더라도 건너편의 정진이 대답했을지는 알 수 없었다. 이윽고 차오르는 물처럼 벽이 쑤욱, 자라나며 정진의 모습이 아예 가려졌다. 이제 수정의 눈앞에는 희고 단단한 벽밖에 보이지 않았다.

당신은 손을 뻗어 벽을 만져봅니다. 벽은 크고 높고 단단합니다. 이제 누구도 이 벽을 함부로 넘어오지 못합니다. 당신은 이 벽 안에서 완전히 혼자입니다.

그러지 않아도 이미 수정은 벽을 만져보고 있었다. 손끝으로 느껴지는 벽은 미지근하고 딱딱했다. 수정은 목을 뒤로 꺾어 벽 꼭대기를 바라보려 했지만 보이지 않았다. 별안간, 수정은 '완전히 혼자'라는 말의 의미를 정확하게 이해했다. 그것은 아주 오랜만에 느껴보는 감각이었다. 나의 완전한 초대 없이는 누구도 함부로 들어오지 못하는 공간에 덩그러니 홀로 남은, 홀가분한 동시에 서늘한 이 기분.

그런데, 벽 너머의 저 사람은 누구지.

머릿속을 스친 뜬금없는 의문에 수정은 얼른 대답하지 못하고 머뭇거렸다.

집으로 돌아오는 길에는 둘 다 말이 없었다.

원래 같으면 방금 있었던 일에 대해서 수다스럽게 떠들어 댔을 그들이었다. 뭐야, 완전히 속았어, 하고 정진이 투덜거리면 수정은 거봐, 내가 그랬지, 말도 안 되는 상술이라니까,

하며 퉁바리를 놓았을 것이고 그들은 잠시 서로 뚱했다가 이내 다른 얘기를 시작했을 것이다. 그러다가 외출한 김에 단골 김치찌갯집에 가서 저녁을 먹었을 것이고 과식한 두 사람은 집에 들어가자마자 으레 그랬듯 정진은 바지를, 수정은 브래지어를 벗어 식탁 의자에 척 하니 걸쳐놓았을 것이다. 그 후에는 쯧쯧 이를 쑤시며 소파에 그대로 드러누워 텔레비전을 보다가 잠들었겠지.

그러나 지금, 어쩐지 수정은 바로 어제까지 그들이 그런 사이였다는 사실을 참을 수 없이 어색하고 이상하게 느끼고 있었다. 정진이 운전하고 있는 차가 그들의 공동 명의로 되어 있다는 사실, 그들이 지금 함께 사는 집으로 가고 있다는 사실, 그리고 원한다면 언제든 서로를 만지거나 심지어 섹스까지도 할 수 있는 사이라는 사실이 수정은 너무나 생경했다. 옆에 있는 이 사람과 내가?

그건 너무, 너무 좋은 일이잖아.

둘은 연신 서로의 옆모습을 힐끔거리고 있었다. 시선이 마주치지 않도록 조심하면서, 하지만 마주쳐도 나쁠 것 없고 오히려 좋겠다고 생각하면서. 그때 두 사람은 정확히 같은 것을 떠올리고 있었다. 그들이 처음 만난 날의 일이었다. 소개팅으로 이어진 두 사람이 처음 만난 곳은 번화가의 어느 대형 프랜차이즈 카페였다. 먼저 와 있었던 수정은 책을 읽고 있었고 그러다 우연히 고개를 든 순간 카페에 들어서는 정진을 보았다. 얇은 베이지색 머플러를 두른 코트 차림의 남

자. 누군가는 말도 안 되는 소리라고 할 수도 있겠지만, 수정은 어색한 얼굴로 두리번거리는 정진을 본 순간 그냥 알 수 있었다. 자신의 남은 생이 저 남자와 함께 진행될 것이며 따라서 오늘 이 기회를 놓치면 삶의 많은 페이지가 펼쳐보기도 전에 날아가버릴 것이라는 사실을. 그때 수정은 자기도 모르게 벌떡 일어나 몸을 낮추고 화장실로 달려갔다. 거울을 앞에 놓고 양 볼을 움켜쥔 채 스스로에게 중얼거렸다. 잘해야 해. 쓸데없이 개소리하지 말고 꼭 붙잡아. 반드시 잡아야 해. 그건 잠시 후 수정과 마주 앉은 정진도 마찬가지였다. 정진은 난생처음으로 스스로 필사적이라 느낄 만큼 자신의 모든 매력을 내보이려 애썼다. 카페를 나선 뒤 평생의 용기를 끌어모아 술을 마시러 가자고 제안한 쪽도 정진이었다.

지금 그들은 그때의 그 기분을 고스란히 느끼고 있었다. 이 매력적인 사람을 더 알고 싶은 동시에, 내 매력을 발산해서 이 사람을 사로잡고 싶은 욕구. 물론 그들은 이미 서로에 대해 많은 것을 알고 있었다. 기본적인 호불호부터 깊은 가족사와 내면의 문제들까지 전부. 그러나 그들은 지금 각자의 벽 뒤에 숨은 채로 그 정보들과 분리되어 있었다. 이상한 일이었다. 벽 너머의 풍경은 분명 아는 것인데, 익숙한 풍경인데, 고작 한 겹 둘러쳐진 벽을 넘겨다본다는 이유만으로 왜 이리 새롭고 설레는 것인지. 리빌딩이라는 것이 정말로 효력이 있는지는 이제 중요한 사실이 아니었다. 이제 그보다 훨씬 더 중차대한 질문이 그들 사이에 있으니까.

이 사람은 나를 어떻게 생각하는가?

차가 지났던 길을 되밟아 매끄럽게 달리는 동안 그들은 그 것에 골몰하느라 정신이 없었다. 이윽고 신호에 걸려 멈춰 섰을 때, 정진은 자신의 얼굴이 오른쪽으로 돌아가는 것을 막을 수 없었고 자신을 바라보고 있던 수정의 눈과 마주쳤다. 아주 잠깐 동안 그들은 초면인 사람을 보듯 생경한 눈으로 서로를 바라보았다. 그러다 누가 먼저랄 것도 없이 웃음을 터뜨렸다. 둘 다 정확히 같은 것을 바라고 있다는 사실이, 그러므로 언제든지 마음만 먹으면 서로가 서로를 가질 수 있다는 사실이 기뻐서였다. 신호가 바뀌고 참다못한 뒤차가 경적을 울릴 때까지 그들은 웃고 또 웃었다.

복면을 쓴 남자 둘이 침입한 것은 그날 밤이 깊었을 때였다.

집에 도착한 그들은 각자 샤워를 했다. 아무도 시키지 않았지만 두 사람 모두 평소보다 공들여 씻은 것은 물론 보디로션을 꼼꼼히 바르는 일도 잊지 않았다. 수정이 평소 거들떠도 보지 않던 샤워 가운까지 입고 욕실을 나왔을 때, 먼저 씻은 정진은 식탁에 레드 와인 한 병과 글라스 두 개를 막 벌여놓고 있던 참이었다. 수정도 그를 거들어 아껴두었던 치즈를 꺼내 잘랐다. 신발장 속 어딘가에 처박혀 있던 촛대와 기다란 양초까지 꺼내 불을 붙인 두 사람은 오랜만에 식탁에 마주 앉아 와인을 마셨다. 이럴 땐 음악이 빠질 수 없지, 하며 벌떡 일어난 정진이 휴대폰을 가져오더니 음악을 틀었다.

아마 '분위기 좀 잡고 싶을 때' 같은 제목을 단 유튜브 영상을 재생했을 것이다. 평소 수정은 남들이 뭉뚱그려놓은 플레이 리스트를 별생각 없이 듣곤 하는 정진의 무미 무취함을 지겹게 여겼으나 오늘은 거기까지 생각이 미치지 않았다. 이름 모를 외국 가수의 끈적하고 간드러지는 목소리를 들으며 두 사람은 와인을 홀짝였다. 이윽고 얼굴이 발개진 수정이 물었다.

"우리 처음 술 마셨던 날 기억나?"

"그럼."

그들은 더 말하지 않았다. 말하지 않아도 서로 무슨 생각을 하는지 알았으므로. 리빌딩의 효과가 언제까지 지속될지 모르겠지만, 그들은 이 순간을 최대한 오래 즐기고 싶었다. 벽이 있다는 건 이렇게 좋은 거구나. 서로 적당한 거리를 유지하며 상대방이 보여주고 싶은 것만을 본다는 건. 정진은 수정을 바라보았다. 흔들리는 촛불 밑에서 수정은 정말로 아름다워 보였다. 커다란 눈은 수줍음으로 번들거렸고 물기 머금은 머리카락은 반짝였다.

와인이 두 병째 비었을 즈음, 술이 약한 수정은 금세 고개를 툭 떨어뜨렸다. 정진은 미소 지으며 수정을 번쩍 안아 들어 침대로 데려갔다. 나 더 마실 수 있어, 수정이 비음 섞인 목소리로 앙탈을 부렸지만 굳이 더 마실 필요는 없다는 걸 스스로도 잘 알고 있었다. 오늘만 날이 아니니까. 정진이 촛불을 끄고 수정 옆에 누웠다. 창문으로 들어오는 바깥의 가로등 불빛이 은은하게 두 사람 위로 쏟아졌다. 이윽고 나른한 피로감이 찾아와, 둘은 한동안 눈을 감고 미소 지은 채 사지를 쭉 뻗고 편안하게 누워 있었다. 그러다가 누가 먼저랄 것도 없이 잠에 빠져든 참이었다.

수정은 잠결에 무슨 전자음 같은 것을 들었다고 생각했다. 그것이 익숙한 소리, 즉 현관의 전자 잠금장치가 열릴 때 나는 소리임을 깨달았을 때는 이미 늦은 뒤였다. 거실 쪽에서 숨죽인, 그러나 또렷한 인기척이 들렸다. 수정은 몸에 남아 있던 술기운과 잠이 순식간에 사라짐을 느꼈다. 수정은 옆으로 손만 뻗어 정진을 미친 듯이 흔들었다. 그러나 그럴 필요도 없었다. 정진의 코 고는 소리가 채 멎기도 전, 열린 안방문 한가운데에서 사람 그림자 두 개가 모습을 드러냈다. 수정은 비명을 지르며 자기도 모르게 이불을 뒤집어썼다. 어둠 속 찰나였지만 확실히 보았다. 덩치 큰 두 사람이 눈과 입만 뚫린 복면을 쓴 채 서 있는 형상을. 이불 속에서 수정은 막 잠이 깬 정진이 깜짝 놀라 내지른 욕설과 고함 소리를 들었다.

"조용히 해."

이불 밖에서 낮은 목소리가 들렸다.

수정은 뒤집어쓴 이불을 천천히 내렸다. 그러자 침대 옆에 가까이 붙어 서 있는 두 괴한이 올려다보였다. 그들의 몸에서 풍기는 바깥 냄새와 진한 땀 냄새가 그대로 맡아질 만큼 가까운 거리였다. 수정은 그 역한 냄새를 맡으면서도 믿을 수 없었다. 집에 강도가 들다니. 이런 일이 일어나다니. 왜 하필이면 부잣집도 아닌, 평범하기 이를 데 없는 우리 집에?

"뭐, 뭔가 착각하고 오신 것 같은데, 저희 집엔 가져갈 것이 아무것도 없습니다."

정진도 같은 생각을 했는지 온몸을 부들부들 떨며 말했다. 그러자 복면을 쓴 남자들은 동시에 피식 웃었다.

"적응이 빠르시네. 우리가 강도인 건 어떻게 알았대?"

"강도처럼 생겼나, 우리가?"

"거 기분 나쁘네."

두 괴한은 서로를 바라보며 이기죽거렸다. 둘은 서로 키도 목소리도 비슷했다. 한쪽은 검정 복면을, 다른 쪽은 카키색 복면을 쓰고 있다는 점을 제외하면 정말로 한 사람을 둘로 나눠놓은 것 같았다. 수정과 정진이 쳐다보는 걸 전혀 개의치 않는다는 점, 마치 제집에 들어온 것처럼 여유롭게 농담을 주고받는 태도까지도. 한두 번 강도질해본 짝패가 아니다. 수정은 그렇게 직감했고 그러자 더욱 무서워졌다.

"꿀잠 주무시고 계셨는데 깨워서 죄송합니다, 응?"

"오붓한 시간 방해해서 아주 죄송할 따름이야."

카키색 복면이 말을 받으며 한 걸음 다가섰다. 어둠 속에서 그의 손에 들린 무언가가 번쩍 빛났다. 기다란 날붙이였다. 수정과 정진은 각자 비명을 내지르며 그의 반대쪽으로 몸을 웅크렸다.

"뭐, 우리도 한가한 사람들은 아니라서. 빨리 용건만 보고 사라질 테니 마저 주무쇼들."

복면들이 킬킬거렸다.

"저, 정말 집에 현금이 없어요. 드릴 만한 물건도 없고요."

수정의 입 밖으로 나온 것은 말이라기보단 떨리는 신음 소리처럼 들렸다.

"알지, 알지. 요새 누가 집에 현금 두고 사나."

"다 방법이 있으니까 걱정 마시라고."

카키색 복면이 침대 끝에 털썩 주저앉았다. 침대가 크게 쿨렁거렸다. 수정은 복면 너머로 웃고 있는 그의 눈을 볼 수 있었다. 그는 칼을 쥔 채로 가슴 앞에 팔짱을 끼고 그들을 빤히 바라보았다. 칼은 새것 같았고 어둠 속에서도 부자연스러울 만큼 새하얗게 빛났다.

"뭐, 많이 털어 가겠다는 건 아니고. 계좌에 비상금 정도는 갖고 있잖아."

검정 복면이 말했지만, 수정과 정진의 눈은 카키색 복면이 소중한 동물이라도 된다는 듯 쓰다듬기 시작한 칼에 붙박여 있었다. 모든 소리가 멀리서 들려오다 그 빛나는 한 점으로 수렴되는 것 같았다.

"자, 여기 앞에 사거리 나가면 ATM 하나 있는 거 알지? 편의점 옆에. 나랑 같이 거기 가서 돈을 뽑아 오면 돼."

"거기서 3백만 원까지 인출이 가능하거든. 3백만 원만 달라 이 말이야. 이해했지?"

"아휴, 3백이면 싸다, 싸. 그냥 주식 좀 잘못 샀다, 동남아 여행 한번 안 갔다 생각하고 잊을 만한 금액이잖아?"

두 복면이 주거니 받거니 떠들었다. 수정은 옆에 붙어 웅크린 정진이 침을 꿀꺽 삼키는 것을 느낄 수 있었다. 3백만 원. 다행히 그들의 계좌 잔고는 그것보다 많았다. 괴한들의 말마따나 적은 돈은 아니었지만, 목숨을 건질 수 있다면 큰돈도 아니었다.

"뭐 해? 옷 안 입고. 그러고 나갈 거야?"

검정 복면이 말하며 정진을 흘끗 보았다. 정진이 시선에 찔린 듯 움찔했다. 수정은 그제야 두 괴한의 의도를 이해했다. 이들은 정진을 데려갈 생각이었다. 자신을 인질로 잡아두고.

"빨리빨리 가자고. 우리 한가한 사람들 아니거든."

두 복면의 재촉에 정진이 천천히 일어났다. 그때 카키색 복면이 갑자기 제 상의 주머니에 손을 쑥 집어넣었다. 수정은 깜짝 놀라 악 소리를 질렀다. 그러나 카키색 복면은 그저 휴대폰 두 개를 꺼냈을 뿐이었다. 그는 그중 하나를 집어 들어 다른 하나에게 전화를 걸고는, 스피커폰 모드로 돌려 검정 복면에게 건넸다.

"혹시 전화가 끊기거나 조금이라도 낌새가 이상하다 싶으면, 알지? 돌아왔을 때 산 사람은 아무도 없을 거야."

수정은 카키색 복면의 말이 휴대폰을 통해 되울리는 것을 들었다. 검정 복면이 멍청하게 선 정진의 어깨를 툭 밀었다. 세 사람은 정진이 어둠 속에서 더듬거리며 바지를 찾아 입는 것을 지켜보았다. 손이 벌벌 떨렸다.

"그럼 가자고."

검정 복면이 앞장서라는 듯 턱짓으로 방 바깥을 가리켰다. 머뭇거리던 정진이 침대 협탁 위에서 지갑을 찾아 쥐었다. 방을 나서는 정진의 뒤를 검정 복면이 따랐다. 이윽고 현관에서 부스럭부스럭, 신발 신는 소리가 나더니 문이 닫혔다. 집 안은 다시 쥐 죽은 듯 고요해졌다.

카키색 복면은 휴대폰을 위로 향하도록 내려놓은 뒤, 뭔가 생각에 잠긴 듯 고개를 떨구고 칼날을 만지작거렸다. 수정은 휴대폰이 내뿜는 빛에 드러난 복면의 실루엣을 바라보았다. 이 모든 것이 꿈일지도 모른다는 가망 없는 생각에 휩싸인 채로. 하지만 그가 들고 있는 칼, 시퍼렇게 빛나는 저 칼은 너무나 진짜였다. 저것은 언제라도 수정의 몸에 와 박힐 수 있는 현실의 물건이었다.

수정은 조심스럽게 자세를 고쳐 앉았다. 휴대폰의 화면은 어두워졌고, 수화기 너머에서는 아직 저벅저벅 걷는 소리만이 들려오고 있었다. 카키색 복면이 휴대폰에 몸을 기울이며 말했다.

"야, 둘이 대화라도 좀 해. 조용하니까 무슨 상황인지 모르겠잖아."

"들었지? 말해. 아무 말이나."

정진이 숨을 들이켜는 소리가 났다. 정진과 검정 복면은 아주 가까이 붙어 걷고 있는 듯했다. 이윽고 정진의 목소리가 들렸다.

"……오늘 아내와 저는, 이상한 곳에 다녀왔어요."

"이상한 곳?"

"뭐랄까, 말하자면 마음의 벽……을 다시 쌓아주는 곳이라고나 할까요. 가정집 같은 곳이었는데 들어갔더니 저희한테 최면 같은 걸 걸더라고요."

정진의 목소리는 의외로 편안하게 들렸다. 수정은 정진이 지금 약간 안심하고 있다는 사실을 예민하게 깨달았다. 수정도 그들이 향하고 있는 곳이 어디인지 알고 있었다. 좁은 골목을 벗어나면 나오는 번화한 사거리였다. 새벽에도 오가는 사람들이 꽤 있고 열려 있는 가게도 많은 곳이었다. 거기까지만 가면 안전하다. 정진은 그렇게 믿고 있는지도 모른다.

"그곳에 다녀오니 정말로 아내가 좀 다르게 느껴졌어요. 낯설다고 해야 할까…… 아니, 사람은 그대론데 처음부터 다시 시작하는 느낌? 왜, 오래 연애하면 그렇잖아요. 사랑보단 우정이고 의리인 거. 그게 아예 없어진 것 같은 기분이 들었어요."

"별짓거리를 다 하네."

검정 복면이 통바리를 놓자 정진이 조금 웃었다. 수정은 얼굴이 딱딱하게 굳는 것을 느꼈다. 웃다니, 어떻게 웃을 수 있지. 그때 휴대폰 너머로 무슨 음악 소리가 들려오기 시작했다. 수정은 그게 사거리 초입에 있는 나이트클럽에서 틀어놓은 것임을 알았다. 사람들이 웅성거리는 소리, 차 지나다니는 소리도 들렸다. 이제 정진은 안전했다.

"근데 오늘 이런 일을 겪고 보니까 의리, 그게 얼마나 중요한지 알겠더라고요. 당신들은 제가 아내에게 의리를 지킬 거라고 생각해서 이런 짓을 하는 거죠? 그렇죠?"

그때 가만히 고개를 숙이고 있던 카키색 복면이 흘끗 얼굴을 들어 수정을 보았다. 수정은 천천히 복면과 눈을 마주쳤다. 그 눈에는 아무 감정도 없었다.

"뭐야. 그래서 지금 도망이라도 치겠다는 거야?"

수정이 묻고 싶은 말을 검정 복면이 대신했다.

"아니요, 그건 아닌데. 집을 나서면서 문득 이런 생각이 들더라고요. 여기 나온 게 제 아내라면, 아내는 제게 의리를 지켰을까 하는."

휴대폰 너머에서는 잠시 아무 말도 들리지 않았다. 수정은 소리치고 싶었다. 무슨 개 같은 소리를 지껄이고 있는 거야. 빨리 돈이나 찾아서 건네줘버리란 말이야. 그때 반갑게도 삐링, 하는 익숙한 기계음이 들렸다. ATM의 버튼을 누르는 소리였다.

"빨리빨리 하자고."

검정 복면이 재촉했다. 삐링, 삐링. 정진은 말없이 버튼을 눌렀다. 차라라락 돈 세는 소리가 들려왔다. 이윽고 검정 복면이 수화기에 얼굴을 가까이 대고 말했다.

"됐어. 돈 받았어."

"알았어. 갈게."

카키색 복면이 휴대폰 위로 몸을 구부려 말하고는 손을 뻗어 전화를 끊었다. 수정은 자기도 모르게 기나긴 한숨을 내쉬었다. 카키색 복면이 웃차, 하며 침대에서 일어났다.

"자아, 늦은 시간에 실례 많았습니다. 참, 경찰에 신고하면 서로 일 복잡해지니까 웬만하면 하지 맙시다? 한 번 뜯었던 문 두 번 뜯는 건 훨씬 쉽다는 거 기억하시고, 응?"

수정은 고개를 크게 끄덕였다. 카키색 복면이 장난스럽게 손을 흔들고는 방을 빠져나갔다. 현관문 닫히는 소리가 났다. 순식간에 집 안은 쥐 죽은 듯 조용해졌다. 아무 일도 없었던 것처럼.

현관 너머 인기척에 귀를 기울이면서 수정은 생각했다. 이제 곧 정진이 돌아올 것이다. 수정은 무슨 말이든 할 수 있었다. 정말 무서웠다며 눈물을 흘릴 수도, 이게 다 무슨 일이냐며 경찰에 신고하자고 길길이 날뛸 수도 있었다. 아무 일도 없었던 것으로 치고 다시 잠들 수도 있겠지. 아니면…… 아까 한 말이 무슨 말인지 물어볼 수도 있을 것이다. 의리를 지켰을까 궁금했다는 말이 무슨 뜻인지. 아니, 그보다 어떻게 너는 거기서 웃을 수 있었는지. 칼을 지닌 낯선 남자와 나를 한집에 남겨두고.

정말, 정진은 어떻게 거기서 웃을 수 있었을까.

생각이 거기에 미치자 수정은 뭘 어째야겠다는 작정도 없이 벌떡 일어나 거실로 나갔다. 식탁에는 그들이 놓아둔 와인과 치즈 조각이 그대로 널브러져 있었다. 수정은 어둠 속에서 눈을 동그랗게 뜨고 그것들을 내려다보았다. 그 사거리에서 정진이 도망칠 수도 있었다는 사실을 떠올리면서. 어려운 일은 아니었을 것이다. 사람이 많은 거리였으므로 여차하면 비명을 질러 도움을 요청하거나 열려 있는 편의점 따위로 도망쳐 들어갈 수도 있었을 테니까. 정진이 그러지 않은 건 왜였을까. 만약 수정이었다면……

수정은 비틀거리며 소파로 걸어가 쓰러지듯 앉았다. 그러자 문득 아랫도리에 아무것도 입지 않은 정진이 이 소파에 앉아 기나긴 방귀를 뀌었던 일요일이 생각났다. 마치 전생에 벌어졌던 일 같았다.

정진은 오랫동안 돌아오지 않았다.

무르무란

정보라

피가 계속 나오지 않으면 언니에게 말해야겠다고 검은깃털은 생각한다. 지난번에는 피가 너무 많이 나왔다. 아기가 죽었다고 현명한 큰어머니가 말했다. 그날 사슴을 잡아서 기분이 아주 좋았는데. 돌도끼가 사슴의 눈 사이에 정확히 맞아 커다란 사슴이 단번에 쓰러졌을 때는 정말로 기뻤다. 저 고기를 언니와 함께 먹을 수 있다. 가죽을 바닥에 깔고 자면 따뜻하게 밤을 지낼 수 있다. 뿔과 뼈로는 낚싯바늘과 화살촉과 칼과 송곳을 만들 수 있다. 칼하고 송곳은 예전에 만들어둔 것도 있긴 하다. 그리고 칼은 돌을 갈아 만든 게 가장 튼튼하고 마음에 든다. 그렇지만 낚싯바늘하고 화살촉은 많을수록 좋다. 넉넉히 만들어서 다 같이 나눠 가지면 된다. 사람들과 함께 사슴을 끌고 돌아오면서 검은깃털은 그런 생각에 신이 나 있었다.

"뿔은 내가 가질 거야!"

삶터에 돌아왔을 때 흙발굽이 외쳤다. 아무도 귀담아듣지 않았다. 흙발굽은 항상 이런 식이다. 난데없이 자기가 원하는 걸 외치는데, 그걸 흙발굽에게 줘야 할 만한 합당한 이유는 대체로 없다. 검은깃털은 말했다.

"내 돌도끼가 사슴을 때렸을 때 넌 그냥 뒤에 서 있었잖아."

흙발굽이 반박하려고 입을 열기 전에 검은깃털이 다시 외쳤다.

"사슴을 끌고 올 때도 뒷다리를 잠깐 잡고 도왔을 뿐이야."

검은깃털은 사람들을 둘러보았다. 사냥에 참여했던 사람들이 대부분 고개를 끄덕였다. 몸을 돌려 다른 곳을 쳐다보는 사람들도 있었다. 쓸데없는 말다툼에 끌려 들어가고 싶지 않다는 자세다.

"뿔을 나한테 줘야 해!"

흙발굽이 다시 주장했다.

"나도 준비하고 있었는데, 사슴에 가까이 갈 기회도 주지 않았잖아! 이건 불공평해!"

"조용히."

차분한 목소리가 울렸다. 흙발굽도 검은깃털도 말을 멈추었다. 현명한 큰어머니가 나직하게 물었다.

"누구의 무기가 사슴을 죽였지?"

"저의 돌도끼입니다."

검은깃털이 돌도끼를 치켜들었다. 돌도끼에는 아직도 사슴 피가 묻어 있었다. 검은깃털은 피 묻은 날이 현명한 큰어머니에게 잘 보이도록 돌도끼를 돌렸다.

현명한 큰어머니가 모여 선 사람들을 둘러보았다.

"검은깃털의 말이 사실인가? 사냥에 같이 나갔던 사람들이 다들 보았나?"

사람들이 고개를 끄덕였다.

"사슴뿔을 네가 가져야 하는 이유가 무엇이지?"

현명한 큰어머니가 흙발굽을 향해 물었다.

"사슴뿔이 있으면, 나도 칼을 만들어서, 사냥할 때 멧돼지와 곰과 사슴을 잡을 수 있어요! 무기가 없는 건 불공평해요!"

흙발굽이 소리쳤다. 현명한 큰어머니가 말했다.

"무기가 없었다면 너는 이번 사냥에 기여하지 않은 것이니 사슴뿔을 가질 자격이 없다."

그것은 최종적인 평결이었다. 둘러선 사람들이 고개를 끄덕였다. 흙발굽이 뭔가 계속 소리치려 했을 때 단단한등딱지가 말했다.

"고기가 상하기 전에 빨리 먹읍시다!"

사람들이 환성을 질렀다. 흙발굽에 대해서는 모두 잊어버렸다.

잔치가 끝나고 검은깃털이 사슴뿔과 가죽을 들고 집으로 가고 있을 때 흙발굽이 나타나 발을 걸었다. 겨울 산은 해가 빨리 져서 어두웠고 검은깃털은 바위산 모퉁이를 돌려던 참이었다. 검은깃털이 넘어지자 흙발굽이 사슴뿔을 빼앗으려 했다. 그 김에 가죽도 뺏어가려 했다. 가죽과 사슴뿔은 크고 무거웠다. 흙발굽은 사냥이나 짐 나르기를 돕지 않았기 때문에 크고 무거운 물건을 운반하는 방법을 알지 못했다. 흙발굽이 사슴뿔과 가죽을 끌고 가려 애쓰고 있을 때 검은깃털이 일어나 덤벼들었다. 흙발굽은 양손으로 사슴뿔과 가죽을 움켜쥔 채 검은깃털을 발로 찼다. 검은깃털이 땅에 쓰러지자 흙발굽은 사슴뿔을 치켜들어 내리찍으려 했다. 그러나 사슴뿔을 다루는 방법 역시 잘 알지 못했기 때문에 흙발굽은 비틀거렸고 검은깃털은 옆으로 굴러 몸을 피했다. 검은깃털은 일어나서 흙발굽을 밀쳤다. 흙발굽은 자기가 빼앗아 가려던 사슴뿔 위로 넘어졌다. 뾰족한 뿔이 그의 다리를 찔렀다. 검은깃털은 흙발굽의 다리에 박힌 사슴뿔을 뽑았다. 그러고 나서 흙발굽이 가져가려던 사슴 가죽을 집어 들었다. 언뜻 보았을 때 흙발굽의 다리 상처는 몹시 아파 보였지만 위험하지는 않았다. 얼른 잘 씻으면 별일 없을 것이다. 검은깃털은 굳이 그런 충고를 해주지 않았다. 그냥 사슴뿔과 가죽을 가지고 집으로 돌아왔다.

그날 밤 검은깃털은 피를 흘렸다. 너무 아파서 움집이 들썩일 정도로 비명을 질렀다. 아기가 생겼다는 것도 몰랐는데, 아기가 죽었다. 실제로 보니 아기가 아니라 그냥 덩어리였지만, 그 덩어리가 자랐으면 아기가 됐을 거라고 했다. 현명한 큰어머니는 한숨을 쉬었다. 겨울이라 피를 멈추게 하는 열매는 구할 수 없었다. 다행히 뻣뻣한털가죽 아주머니가 염증을 없애주는 나무껍질을 말려서 가루로 만들어 간직해두었다. 검은깃털은 흙발굽이 사슴뿔을 뺏으려다 뿔에 찔려 다친 사실도 말했다. 뻣뻣한털가죽 아주머니는 검은깃털을 돌봐준 뒤 흙발굽의 상처를 봐주러 갔다. 그게 지난겨울이었다. 흙발굽의 상처는 꽤 깊었는데, 그는 다리를 절면서도 굳이 괜찮다고 우기며 사냥에 따라나섰다가 발정기의 성난 멧돼지를 피하지 못했다. 멧돼지는 미친 듯이 날뛰었고 그날의 사냥은 실패했다.

달이 두 번 차올랐다 기울었고 피는 나오지 않았다. 뻣뻣한털가죽 아주머니에게 물어보면 아기가 생겼는지를 알려주는 풀잎을 가르쳐줄 것이다. 또한 뻣뻣한털가죽 아주머니에게 말하면 순식간에 동네 사람들이 모든 일을 다 알게 될 것이다. 검은깃털은 그래서 속으로만 궁리하며 입을 다물고 있었다. 사냥도 평소처럼 따라갔지만 앞에 나서지는 않았다. 봄이 오기 시작할 때는 겨울잠에서 깨어난 배고픈 동물들이 몇 달 만에 먹이를 구하러 돌아다닌다. 검은깃털은 동물들에게 예전처럼 몸 사리지 않고 덤빌 수 없었다. 사냥을 잘해서 실력을 증명해야 하지만, 아기가 또 조그만 덩어리가 되어 죽어버릴까 봐 그렇게 할 수 없었다. 이제까지 보여온 실력만으로도 허락을 받을 수 있을지 검은깃털은 계속 생각했다. 검은깃털은 육지에서 사냥할 때 사슴도 많이 잡았고 멧돼지와 호랑이도 두 번 잡았다. 고래잡이를 나가면 언제나 작살을 명중시켰다. 고래한테 받히면 배가 뒤집히는 일이 흔했지만 검은깃털은 사람들과 힘을 합쳐 작살로 고래를 몇 번이나 찔렀고 한 번도 겁먹거나 도망치지 않았다. 언니 손에 이끌려 현명한 큰어머니 앞에 선 검은깃털은 이런 점을 두서없이, 열심히, 간절하게 떠들어댔다.

"그림을 그려도 좋다."

현명한 큰어머니가 말했다.

"네?"

검은깃털은 단번에 알아듣지 못했다.

"그렇지만 저는 지난번에 사슴도 제가 만든 돌도끼로 잡았고 화살촉과 작살촉과 낚싯바늘도 사람들한테 항상 나눠 주고 사냥할 때는 언제나……"

"그림을 그려도 좋다."

현명한 큰어머니가 검은깃털의 말을 끊고 다시 말했다. 검은깃털은 그제야 알아들었다.

"감사합니다!"

검은깃털이 외쳤다. 언니가 옆에서 웃었다. 현명한 큰어머니는 웃지 않았다.

"잘 배워서 실수 없이 그려야 한다."

현명한 큰어머니가 당부했다.

"네! 감사합니다!"

검은깃털이 다시 외쳤다.

바위 벽에는 선조와 선조의 선조와 선조의 선조의 선조들이 그린 그림이 새겨져 있다. 고래와 물고기는 이미 종류별로 다 그려져 있어서 새로 덧붙일 종은 없는 것 같다. 배를 타고 나가는 법과 작살과 그물을 사용하는 법도 선명하게 잘 보인다. 어렸을 때 검은깃털은 다른 아이들과 함께 이 바위 벽 앞에서 고래와 멧돼지와 사슴과 수달에 대해, 동물들이 언제 짝짓기를 하고 언제 아기를 낳는지, 그러므로 언제 사냥해야 하고 언제 기다려야 하는지에 대해 배웠다. 작살을 던지고 낚싯바늘과 화살촉을 만드는 법도 이 바위 벽 앞에서 배웠다. 현명한 큰어머니는 그때는 아직 현명한 큰어머니가 아니라 그냥 푸른지느러미였다. 푸른지느러미가 배가 불룩 나온 모습으로 바위 벽에 고래를 새기고 있었다. 등에 새끼를 태운 쇠고래였다.

"나도 배 속에 새끼를 태우고 있으니까."

아직 어렸던 검은깃털이 물어보자 푸른지느러미가 말했다. 푸른지느러미의 그 당당한 얼굴과, 바위 벽을 쪼는 능숙한 손놀림과, 단단하고 거무스름한 돌 위에 동물들이 마술처럼 모습을 드러내는 과정을 검은깃털은 홀린 듯 한나절씩 지켜보곤 했다. 그때 검은깃털은 나중에 크면 푸른지느러미처럼 되고 싶다고 생각했다. 사냥도 잘하고 물고기도 잘 잡고 바위 벽에 영원히 남을 자신의 흔적을 새기는 멋진 사람이 되고 싶었다. 푸른지느러미는 바위 벽에 그림을 새기다가 바위 벽 아래에서 아기를 낳았다. 아기는 자라서 붉은꼬리가 되었다. 붉은꼬리는 이름과는 달리 육지에서 사냥할 때는 별로 실력을 나타내지 못했다. 바다에서는 달랐다. 배에 올라타는 순간 물을 자기 마음대로 조종하는 것 같았다. 사람들은 이름을 잘못 지었다고, 붉은꼬리지느러미라고 했어야 한다고 놀렸다. 붉은꼬리는 웃었다. 검은깃털은 붉은꼬리를 좋아했다.

바위 벽에 그림을 그릴 수 있는 사람은 사냥을 잘해야 했다. 육지 동물이나 바다 동물을 많이 잡아서 실력을 증명해야 했다. 바위 벽을 쪼고 깨고 긋는 도구를 잘 다뤄야 했고, 사냥의 절차는 물론 사냥에 사용하는 그물과 작살과 방패와

낚시와 칼과 활과 화살에 대해서도 자세히 알고 있어야 했다. 그래야 올바른 그림을 후손에게, 후손의 후손에게, 후손의 후손의 후손 들에게 남길 수 있기 때문이다. 그래서 사냥을 잘하는 사람이 임신을 하면 바위 벽에 뭔가 하나라도 그림을 새기도록 했다. 바위 벽의 그림을 통해 사냥 실력이 새로운 생명에게도 이어진다. 그래서 앞으로 태어나는 아이들은 모두 사냥을 잘하게 될 것이라고 뻣뻣한털가죽 아주머니가 말한 적이 있었다. 그건 사실이 아닐 거라고 검은깃털은 가끔 의심했다. 붉은꼬리는 자기 어머니가 그림을 새기던 바위 벽 아래에서 태어났는데도 육지 사냥은 그저 그런 편이다. 임신한 사람의 사냥 실력이 언제나 온전하게 이어지지는 않는 모양이다. 그래도 붉은꼬리는 바다 사냥을 잘하니까 어머니 능력을 절반 정도는 이어받은 셈이다. 검은깃털은 자신이 새긴 그림을 보며 자라나는 아기도 사냥을 잘하게 될지 궁금했다.

바위 벽에 그림을 새기는 일은 아무나 할 수 있는 게 아니지만 아무나 하고 싶어 하는 일도 아니다. 노란송곳니는 임신했을 때 바위 벽에 그림 그리는 게 지겨웠다고 했다.

"나가서 사냥하는 게 훨씬 재미있어."

노란송곳니가 투덜거렸다. 노란송곳니는 달리기를 아주 잘했고 그물도 작살도 잘 던졌다. 그리고 그림에는 재주가 없었다. 노란송곳니가 그린 동물 그림은 아무도 알아볼 수 없었다. 노란송곳니도 모르겠다고 했다.

"어쨌든 그렸으니까 됐잖아."

그러고는 사냥하러 나가버렸다. 노란송곳니는 커다란 배를 내민 채 겨울잠에서 깨어난 곰처럼 뛰어다녔다. 노란송곳니는 아기 둘을 한꺼번에 낳았는데, 하나는 낳은 지 얼마 안 돼서 죽었다. 다른 하나는 지금 그와 함께 뛰어다니고 있다. 두번째로 아기를 가졌을 때 노란송곳니는 바위 벽에 성의 없이 금을 몇 개 슥슥 긋고는 다 됐다고 선언해버렸다. 현명한 큰어머니가 못마땅한 얼굴로 노려보자 노란송곳니는 그릇에 새겨진 무늬라고 변명했다. 그릇은 음식을 담는 도구이고 음식은 사냥해서 얻는 것이니 그릇 무늬도 사냥하고 관련이 있다고 주장했다. 아주 틀렸다고는 할 수 없었다. 현명한 큰어머니는 여전히 못마땅한 표정이었지만, 공연히 오랫동안 애써서 뭔지 알 수 없는 동물을 그리는 것보다는 낫다고 생각했는지 노란송곳니를 그대로 놓아주었다. 그 뒤로 다른 사람들도 그냥 금을 긋거나 동물이 아닌 도형을 그리는 일이 늘었다. 신중한 사람들은 돌에 그림을 새기기 전 도형을 그리며 연습하기도 했다. 참을성 없는 사람들은 바위 벽에 붙어서서 단단한 표면을 끈질기게 깨고 쪼개고 긋는 일을 하고 싶지 않다며 얼른 도형을 새기고 작업을 끝내버렸다.

"자꾸 이러면 뜻을 담은 표시와 구별할 수 없잖아."

언니가 짜증을 냈다. 무언가 표시를 할 때는 동물 그림 옆에 혹은 위나 아래에 작은 도형을 그린다. 그 도형이 무슨 뜻인지 배우는 것도 바위 벽에 그림을 새기는 사람의 중요한 임무였다. 사슴은 겨울에 짝짓기를 하고, 그중 수컷은 봄이 오면 뿔이 떨어지고 새것이 난다. 그러니까 뿔이 떨어진 수사슴, 특히 몸집이 큰 수사슴은 이미 짝짓기를 끝낸 놈이다. 수컷이라 아기를 갖지도 않으므로, 사냥해도 된다. 늑대는 겨울이 끝날 때 짝짓기를 해서 봄에 아기를 낳는데, 이 아기들은 늦여름이나 가을부터는 사냥을 할 정도로 커지니까 조심해야 한다. 멧돼지는 늦가을부터 짝짓기를 하고, 곰은 여름에 짝짓기를 한다. 곰은 겨울에서 봄으로 넘어갈 때 아기를 낳고 겨울잠을 자느라 배도 고프기 때문에 사납다. 이런 건 어렸을 때부터 배워서 다들 알고 있지만 모든 동물의 짝짓기 시기와 사냥해도 되는 때와 안 되는 때를 기억하는 건 불가능하다. 그렇지만 짐승이 언제 가장 사납고 언제 가장 약한지 알아야 우리가 죽거나 다치지 않고 굶지 않고 사냥을 잘할 수 있다. 그러니까 이건 아주 중요하다. 우리가 없어져도 다른 사람들, 후손의 후손들이 기억할 수 있도록 새겨놓아야 한다. 동물 그림 옆에 도형을 새겨서 짝짓기하는 시기와 사냥해도 되는 계절을 표시하는 법을 처음 생각해낸 사람은, 현명한 큰어머니가 아주 어린 푸른지느러미였을 때 삶터에서 가장 나이가 많았던 사냥꾼이었다고 한다. 그 나이 많은 사냥꾼도 어렸을 때 배웠다고 말했던 것 같다고, 현명한 큰어머니가 언뜻 떠올린 적이 있다. 그러니까 누가 처음 시작했는지는 모른다.

"그 사람은 자기 멋대로 그려놓은 도형을 다른 사람들도

다 알아볼 수 있다고 생각한 거야?"

검은깃털이 언니에게 묻는다.

"그리고 도대체 도형을 몇 개나 그려야 이 동물들이 살아가는 시간을 다 표시할 수 있는 거야? 차라리 동물 그림을 더 자세히 그리는 게 알아보기 쉽지 않아?"

"그림에는 한계가 있어."

언니가 참을성 있게 설명한다.

"복잡한 설명을 풀어 전하거나 어떤 동물이 살아가면서 변하는 과정의 긴 이야기를 담으려면 그림만으로는 충분하지 않아."

"이 많은 도형을 언제 다 외우라는 거야?"

검은깃털이 불평한다.

"아직 여덟 달이나 남았잖아."

언니가 검은깃털의 배를 가리키며 받아친다.

"아기 낳을 때까지 이 바위 벽 앞에 계속 붙어 있으라고?"

검은깃털이 경악한다.

"사냥은 어떡하고? 낚시는? 내가 먹을 건 누가 구해다 주는데?"

"하던 거나 마저 해."

언니가 검은깃털이 쪼기 시작한 바위 벽의 첫 흔적을 가리키며 말한다. 검은깃털은 언니에게 받은 돌칼을 들고 바위 벽을 노려본다. 그리고 돌칼의 뾰족한 끝부분으로 단단한 벽을 끈기 있게 두드리기 시작한다. 자신이 잡았던 큰 뿔이 달린 사슴을 그릴 것이다. 잘될지는 알 수 없다. 겨울 동안 검은깃털은 고래잡이에 한 번 따라나섰다. 배가 좀더 불러오고 아기가 배 속에서 움직이는 것을 느끼게 되면서부터는 거의 바위 벽 앞에 붙어 있었다. 아기가 움직여서 검은깃털은 기뻤다. 태어날 아기에게 자신이 사는 세상을 보여준다고 생각하면 바위 벽을 조금씩 깨고 긋고 쪼는 작업도 그렇게까지 지루하지만은 않았다.

계절이 바뀌고 날이 따뜻해지면 사냥 축제가 열린다. 소리를 만드는 사람들이 피리와 나팔을 들고 나와 크게 불어 축제의 시작을 알린다. 겨울을 무사히 넘긴 것을 축하하며, 다시 겨울이 오기 전에 사냥감과 먹을 것을 풍성하게 내려달라고 산과 바다와 하늘에 기원한다. 그러면 사냥하는 사람들은 가장 자랑스러운 사냥감의 가죽과 뿔로 몸을 장식한 뒤 가장 좋아하는 사냥 도구를 들고 나와 춤을 춘다. 실력을 뽐내며 새로운 사냥 도구를 선보이는 자리이기도 하고, 죽거나 다치지 않고 무사히 사냥을 계속할 수 있게 해달라고 세계와 하늘에 기원하는 의식이기도 하다. 걸을 수 있는 나이의 아이들도 저마다 조그만 도구를 들고 나와 함께 춤을 춘다. 마음껏 몸을 흔들고 도구를 휘두르고 소리치고 웃는다.

붉은꼬리가 긴 피리를 분다. 주변의 땅과 바람이 진동하는 날카로운 소리가 웅장하게 울려 퍼진다. 검은깃털은 강 언덕 꼭대기에 올라가서 축제를 바라본다. 지난봄까지는 검은깃털도 칼과 작살을 들고 춤을 추었다. 올봄에는 조금 더 중요한 할 일이 있다. 축제 장면을 전부 벽에 새기고 싶다.

"엄청나게 크게 그려야 될 텐데. 무진장 오래 걸릴걸."

검은깃털의 야심만만한 계획을 듣고 언니가 말한다. 검은깃털은 이제 눈에 보이게 부풀어 오르기 시작한 배를 가리킨다.

"아직 넉 달 남았으니까 괜찮아."

강 언덕은 어렸을 때 몇 번 올라와본 적이 있다. 그때는 몸집이 작았고 그만큼 가벼웠다. 지금은 아이가 커져서 몸이 무겁다. 그 차이를 생각하지 못한 것은 실수였다. 가파른 언덕길을 오르면서 검은깃털은 몇 번이나 넘어질 뻔했다. 처음으로 무섭다는 생각을 했다. 그러나 나팔 소리와 사람들의 함성을 들으며 다시 마음을 다잡고 손발에 힘을 주었다. 이다음에 봄이 왔을 때 검은깃털이 또 아이를 품을 수 있을지, 또 벽에 그림을 그리도록 허락받을 수 있을지 아무도 알 수 없다. 아기를 낳다가 죽을 수도 있고, 아기를 무사히 낳더라도 사냥을 나갔다가 죽을 수도 있다. 지금 해야 한다.

현명한 큰어머니는 고래 뼈와 나뭇가지로 틀을 잡고 깃털로 장식한 커다란 관을 머리에 쓰고 있다. 깃털과 가죽으로 만든 꼭대기 장식이 길게 드리워 등까지 내려온다. 현명한 큰어머니는 춤을 추지 않는다. 현명한 큰어머니가 앞에서 지휘하면 소리를 내는 사람들이 피리와 나팔을 불며 앞으로, 뒤로 혹은 옆으로 줄지어 움직인다. 춤추는 사람들도 함께 움직인다. 해가 뜨는 방향과 해가 지는 방향, 바닷물이 들어오는 방향과 나가는 방향, 강물이 불어나는 지대와 흘러나가는 곳을 순서대로 밟으며 춤을 추고 피리와 나팔을 불어 다시 살아나는 봄의 세상에 인사한다. 검은깃털은 이 모든 광경을 머릿속에 단단히 집어넣는다.

축제는 하루 종일 계속된다. 해가 기울고 하늘이 불그스름하게 물들기 시작한다. 검은깃털은 뾰족한 그릇에 넣어 가죽 조각으로 감싸 몸에 묶어 가지고 온 도시락을 푼다. 한 손을 휘둘러 벌레를 쫓으며 말린 고기 조각과 구운 나무 잎사귀를 먹기 시작한다. 눈은 계속 축제를 바라보고 있다.

축제 행렬 끝에 거무스름한 낯선 형체가 보인다. 낯선 형체는 비틀거리며, 몸을 뒤틀며, 몸부림치듯이 힘겹게 기괴한 춤을 춘다. 행렬이 현명한 큰어머니의 지휘에 따라 옆으로, 뒤로 움직일 때도 낯선 형체는 해가 지는 방향만을 바라보고 있다. 어깨를 휘두르고 몸을 굽혔다가 다시 세우며 쓰러질 듯 비틀거리지만 쓰러지지는 않는다. 몸을 세워도 비틀어져 있는데, 절대로 서 있을 수 없는 형태로 비틀어진 채 쓰러지지 않고 계속 움직인다.

"뭐 해?"

검은깃털은 깜짝 놀라 뒤를 돌아본다. 언니다.

"해 지는데 왜 계속 여기 있어? 어두워지면 못 내려가."

"저거 보여?"

검은깃털은 대답 대신 축제 행렬을 가리킨다.

"그래, 다들 춤추잖아. 밤까지 계속할 텐데 여기 있으면 춤
고 위험해. 내려가자."

"춤추는 사람들 끝에, 저기. 언니도 보여?"

검은깃털이 가리킨다. 언니는 검은깃털의 손가락을 따라
시선을 멀리 뻗는다. 언니의 얼굴이 굳어진다.

"내려가자."

언니가 검은깃털을 붙잡아 세게 끌어당긴다. 다급하게 재
촉한다.

"빨리."

검은깃털은 조심스럽게 몸을 일으킨다. 언니를 따라 최대
한 서둘러 언덕을 내려간다. 뒤를 돌아보지 않는다.

흙발굽이 축제에 돌아왔다. 춤추는 사람들 끝에서 따라가
고 있었다. 검은깃털과 언니의 보고를 듣고 현명한 큰어머니
는 조용히 고개만 끄덕였다.

"뻣뻣한털가죽 아주머니를 불러와라."

현명한 큰어머니가 명령했다. 언니가 서둘러 밖으로 나갔
다. 언니가 돌아올 때까지 검은깃털은 현명한 큰어머니의 무
거운 침묵 앞에서 불안하게 기다렸다.

사정을 듣고 나서 뻣뻣한털가죽 아주머니는 짧게 대답했다.

"무르무란을 불러야지요."

현명한 큰어머니가 다시 고개를 끄덕였다.

검은깃털과 언니가 무르무란에 대해서 묻기 전에 뻣뻣한

털가죽 아주머니가 먼저 말했다.

"너희는 가봐라."

자매는 인사하고 물러날 수밖에 없었다.

무르무란은 새처럼 생겼는데 바다에서 온다. 날개는 손가락처럼 생겼고 등딱지가 있다. 무르무란은 어두운 곳을 다니며 죽음을 먹는다. 그래서 봄 축제에 무르무란이 나타나면 사람들은 기뻐한다. 무르무란이 죽음을 먹어 없애면 그해에는 죽는 사람이 없을 것이기 때문이다. 언니는 검은깃털에게 설명해주었다.

그러나 반대로 봄 축제에 죽은 사람이 돌아올 때도 있다. 피리와 긴 나팔 소리는 봄에 깨어나는 세상을 재촉한다. 그래서 죽어 있던 것, 이미 죽은 것이 자기도 모르게 깨어나 피리와 나팔 소리를 따라오기도 한다.

겨울에 죽은 사람이 봄에 피리와 나팔 소리를 들으면 깨어나 돌아올 때가 가끔 있다. 시체를 찾지 못하고 절차대로 작별 의식을 치러주지 못하면 죽은 사람이 자신의 죽음을 받아들이지 못하고 봄의 나팔 소리를 따라 돌아오기도 한다. 흙발굽은 멧돼지에게 물려 가서 시신을 찾지 못했고 그때는 겨울이었다. 그러니까 떠나지 못하고 돌아올 만한 조건을 모두 갖춘 셈이었다.

"특히 앙심 깊은 사람이 떠나지 않고 돌아오는 수가 많아. 자기가 받아야 할 걸 못 받았다고 생각하고 불평을 품거든."

작은털가죽이 한숨을 쉬며 말했다. 작은털가죽은 뻣뻣한 털가죽 아주머니의 아이다. 뻣뻣한털가죽 아주머니에게 배워서, 병에 걸리거나 다쳤을 때 먹으면 좋은 잎사귀나 풀, 혹은 반대로 먹으면 죽는 버섯이나 열매를 잘 안다. 그리고 뻣뻣한털가죽 아주머니처럼 한숨을 쉬었다.

"그럼 원하는 걸 줘버리면 되잖아?"

언니가 묻는다. 작은털가죽은 고개를 저었다.

"안 돼. 한번 주기 시작하면 또 달라고 자꾸 다시 찾아와. 그러니까 무르무란을 불러야 해."

"그렇구나."

언니가 이해했다.

"어떻게 부르는데?"

검은깃털이 물었다. 작은털가죽은 주위를 둘러보고 한참 망설이다 비밀스럽게 일러주었다.

"춤을 춰."

무르무란을 부를 때는 몸에 죽은 것만을 둘러야 한다. 뻣뻣한털가죽 아주머니는 해가 뜨기 전 강가의 어둡고 습한 동굴로 갔다. 그곳에서 현명한 큰어머니와 작은털가죽의 도움을 받아 머리에 죽은 새의 부리를 얹고 양팔과 양다리에는 말라붙어 땅에 떨어진 나뭇가지와 죽은 동물의 뼈를 얽어 끼웠다. 몸은 동물의 힘줄로 꽉꽉 싸매고 그 위에 죽은 짐승의 피를 칠했다. 냄새가 몹시 고약했다.

"너는 가라."

현명한 큰어머니와 작은털가죽은 모두 검은깃털이 무르무란을 부르기 위해 준비하는 곳에 가까이 오지 못하게 하려 했다. 작은털가죽이 심각한 얼굴로 말했다.

"아기를 가졌을 땐 이런 데 가까이 오는 거 아냐."

검은깃털은 할 수 없이 동굴 밖으로 나왔다. 그러나 바깥에서 계속 엿보았다. 검은깃털은 무르무란을 부르는 광경, 산 사람들 사이에 돌아온 죽은 사람을 저승으로 보내는 방법을 알고 싶었다. 배워서 바위 벽에 새기고 싶었다. 죽음을 쫓아버리는 방법, 혹은 죽음을 아예 없애는 비법을 아는 것은 살아 있는 모든 사람에게 가장 중요한 지식이라고 믿었다. 그리고 중요한 지식은 바위 벽에 새겨서 후손과 후손의 후손들에게 남겨주어야 한다. 그러면 검은깃털의 아기도 죽지 않을 것이다.

무르무란은 바다에서 온다. 그래서 바다 동물을 좋아한다고 했다. 그날도 사람들은 고래잡이하러 나갔다. 뻣뻣한털가죽 아주머니는 현명한 큰어머니와 함께 고래잡이 나간 사람들이 돌아오는 시간을 기다렸다. 작은털가죽이 강어귀로 나가서 살펴보다가 달려와서 배가 들어온다고 알려주었다.

현명한 큰어머니와 작은털가죽이 함께 고래잡이하는 사람들을 맞이하러 나갔다. 뻣뻣한털가죽 아주머니는 잠시 기다리다가 천천히 동굴에서 나왔다. 팔다리를 펼치고 어기적거리며 몸을 좌우로 흔드는 기묘한 걸음걸이였다. 동굴 밖에 숨어서 들여다보던 검은깃털은 뻣뻣한털가죽 아주머니가 걸어 나오는 모습을 보고 흠칫 놀랐다. 뻣뻣한털가죽 아주머니는 고개를 푹 숙인 채 나뭇가지와 짐승 뼈를 끼운 팔다리를 한껏 펼치고 온몸을 흔들며 어기적거리는 걸음으로 검은깃털을 쳐다보지도 않고 느릿느릿 지나갔다. 그러고는 고래를 잡아 온 사람들 뒤를 천천히 따라가기 시작했다.

고래잡이들은 새 부리를 쓰고 나뭇가지와 짐승 뼈를 펼친 뻣뻣한털가죽 아주머니가 따라오는 모습을 분명히 보았을 텐데도 아무 말도 하지 않았다. 아마 현명한 큰어머니와 작은털가죽이 미리 귀띔해준 듯하다고 검은깃털은 짐작했다. 고래잡이들은 배에서 내려 그물에 싼 고래를 끌고 삶터로 돌아갔다. 검은깃털이 얼른 따라가서 고래잡이들을 도왔다. 현명한 큰어머니는 아무 말도 하지 않았다. 작은털가죽이 한숨을 쉬었지만 현명한 큰어머니의 눈치를 보더니 역시 입을 다물었다.

검은깃털은 뒤에서 뻣뻣한털가죽 아주머니가 팔다리를 펼치고 따라오는 것을 곁눈으로 흘긋흘긋 보면서 삶터로 한 걸음씩 발을 옮겼다. 삶터까지 돌아가는 길이 전보다 훨씬 더 길고 멀게 느껴졌다.

갑자기 행렬이 멈추었다. 고래잡이 대장이 돌칼을 꺼내 고래 껍질을 아무렇게나 잘랐다. 뻣뻣한털가죽 아주머니를 향해, 그러나 똑바로 바라보지 않고 집어 던졌다. 고래 껍질은 뻣뻣한털가죽 아주머니 발치에 떨어졌다.

"쳐다보지 마."

작은털가죽이 검은깃털 옆으로 다가와서 소곤소곤 일러주었다. 검은깃털은 작은털가죽이 시키는 대로 고개를 돌리고 모른 척했다.

고래잡이 행렬은 다시 삶터를 향해 걷기 시작했다. 그랬다가 중간중간 멈추었다. 고래잡이들은 돌아가면서 고래를 한 조각씩 잘라 뻣뻣한털가죽 아주머니를 향해 던졌다. 검은깃털은 일부러 앞만 바라보며 모른 척했다. 고래 지느러미, 껍질, 고기 조각이 땅에 떨어지는 철썩, 소리가 난 뒤에 땅을 훑는 듯, 긋는 듯한 스슥, 스윽, 주욱, 소리가 나는 것으로 보아 작은털가죽이 말한 대로 뻣뻣한털가죽 아주머니가 어떤 춤을 추고 있는 듯하다고 짐작했다.

삶터로 향하는 걸음은 점점 느려졌고 고래잡이들은 점점 더 자주 멈췄다. 이러다가는 삶터로 가져갈 고래 고기가 하나도 남지 않겠다고 검은깃털은 내심 걱정했다. 하지만 그게 무르무란을 부르는 방법인지도 모른다. 죽은 사람을 돌려보낼 수 있다면, 죽음을 없앨 수 있다면 고래 한 마리 정도는 충분히 바칠 수 있다.

붉은꼬리가 칼을 들어 고래 살을 커다랗게 베어냈다. 이미 여러 번 베어내서 칼이 고래 뼈에 부딪치는 소리가 들렸다. 붉은꼬리가 베어낸 고기를 뻣뻣한털가죽 아주머니를 향해 던졌다. 철썩, 소리에 이어 땅을 훑는 스슥, 주우욱, 스윽, 소리가 들렸다. 소리가 겹쳐 들렸다.

뻣뻣한털가죽 아주머니 혼자가 아니었다. 누군가, 무엇인가가 뻣뻣한털가죽 아주머니와 함께 땅을 훑으며 움직이고 있었다. 춤추고 있었다.

그 사실을 깨달은 순간 검은깃털은 온몸에 소름이 끼쳤다. 눈 덮인 산속에서 호랑이를 마주쳤을 때도, 늑대에게 물려서 발가락이 뜯겨 나갔을 때도 이렇게까지 무섭지는 않았다. 그것은 상대를 볼 수 없고, 상대를 알 수 없고, 그러므로 싸워서 물리칠 수 없다는, 물리칠 방법을 알 수 없다는, 절대적인 미지未知에 대한 가장 근본적인 두려움이었다.

무르무란이 따라온다는 사실을 현명한 큰어머니가 고래잡이 대장에게 말없이 손짓으로 알렸다. 행렬이 조금 빨라졌다. 그리고 더 자주 멈추었다. 고래 고기를 더 크게 잘라 뒤쪽으로 던졌다.

삶터에 돌아갔을 때 사람들은 모두 모여 다시 축제를 이어 가고 있었다. 사냥 도구를 들고 사냥감의 뿔과 뼈와 가죽을 입고 쓰고 화톳불 주위에서 춤을 추었다. 소리 만드는 사람들이 긴 피리와 나팔을 불었다. 모두가 한 방향을 바라보고 있었다. 현명한 큰어머니가 앞으로 나섰다. 춤추는 사람들이 현명한 큰어머니의 지휘에 따라 일사불란하게 움직이기 시작했다.

누군가 검은깃털의 팔을 살짝 건드렸다. 작은털가죽이었다. 검은깃털에게 앞만 바라보고 움직이라고 손짓으로 신호했다. 검은깃털은 고개를 끄덕였다. 앞은 해가 뜨는 방향, 뒤는 해가 지는 방향이다. 해가 지는 방향을 바라보아서는 안 된다. 무르무란을 똑바로 쳐다보아서는 안 된다.

죽은 사람을 쳐다보아서는 안 된다. 검은깃털은 축제 행렬 끝에서 기괴하게 몸을 비틀던 형체를 떠올린다. 양손으로 배를 감싼다.

"왔어."

작은털가죽이 속삭인다.

죽은 자가 돌아왔다.

산 자가 가진 것을 빼앗기 위해서.

가장 소중한 것을 빼앗기고 싶지 않다면, 돌아보아서는 안 된다.

검은깃털은 앞을 바라본다. 현명한 큰어머니만을 열심히 쳐다보며 지휘에 따라서 움직인다. 붉은꼬리가 긴 피리를 분다. 검은깃털은 등 뒤에서 스멀스멀 올라오는 두려움을 못 본 척하며 익숙한 피리 소리에만 귀 기울이려 애쓴다.

화톳불은 밤새 타올랐고, 사람들은 새까만 하늘에 별이 떴다 지고 동녘이 파랗게 밝아올 때까지 춤을 추었다. 검은깃털은 너무 지쳐서 도중에 집으로 돌아가 잤다. 깨어났을 때는 이미 해가 환하게 하늘을 비추고 있었다. 검은깃털은 햇빛을 보고 조금 안심했다. 배 속에서 아기가 발길질을 했다. 배가 고팠다. 검은깃털은 집에 마련해두었던 말린 생선과 풀씨와 잎사귀를 먹고 물을 조금 마셨다. 그리고 뻣뻣한털가죽 아주머니의 움집으로 갔다.

집에는 작은털가죽만 있었다.

"아주머니는……?"

검은깃털이 겁에 질려서 물었다.

"정화하러 가셨어. 오늘은 삶터에 안 돌아오실 거야. 아마 내일도."

작은털가죽이 차분하게 말했다. 별달리 걱정하는 표정이 아니었으므로 검은깃털은 안심했다. 그러면 이제 가장 중요한 사항을 알아보아야 했다.

"갔어……? 그거……?"

검은깃털은 불분명하게 물었다. '그것'의 이름을 입에 올리고 싶지 않았다.

작은털가죽이 진지한 얼굴로 고개를 끄덕였다. 그리고 심각하게 덧붙였다.

"그러니까 잘 정화해야 해."

죽음은 무르무란에게 먹힐 때 길고 날카롭고 높은 소리로 비명을 지른다. 그 비명을 감추기 위해 피리와 나팔을 부는 거라고 작은털가죽은 말했다. 산 사람이 죽음의 비명을 들으면 정신이 나가버리기 때문이다.

"넌 그런 걸 어떻게 알아?"

"엄마한테 들었어. 엄마는 엄마의 엄마한테 들었고."

가장 중요한 지식은 입에서 입으로 전해진다. 엄마가 죽거나 아기가 죽으면 이야기는 끊어지고 경험과 지혜가 사라진다. 검은깃털은 그래서 무르무란을 바위 벽에 새겨야겠다고 결심했다. 현명한 큰어머니는 아마 만류할 것이다. 뻣뻣한털 가죽 아주머니와 언니도 분명히 못 하게 막을 것이다.

대신 검은깃털은 무르무란으로 변장한 뻣뻣한털가죽 아주 머니의 모습을 바위 벽에 새겼다. 의례의 자세한 절차와 비밀 스러운 부분은 그림에 드러나지 않는다. 언니는 그럴 때 부호 와 도형이 필요한 것이라고 말했다. 검은깃털은 팔다리에 새 의 발톱 같은 나뭇가지와 동물 뼈를 끼운 사람의 모습을 고 래잡이 행렬 뒤에 조그맣게 새겨 넣는다. 그 옆에는 아무런 부호도 도형도 덧붙이지 않는다. 산 사람이 보아서는 안 되는 것은 비밀을 이미 아는 사람들의 입에서 입으로 전해지면 될 것이다.

아기가 태어나면, 검은깃털은 그에게 비밀을 속삭여줄 것 이다. 검은깃털은 이미 알기 때문이다. 그리고 아기에게도 알려주고 싶기 때문이다. 죽음을 물리치고 삶을 보호하는 방 법을, 그 가장 강력한 지식을.

벽을 둘러싸고 일어나는
세 가지 일

심완선(SF 평론가)

1. 격리된 곳에서 일어나는 일

근대 환상문학에 큰 족적을 남긴 작가 J. R. R. 톨킨은 감옥 벽의 비유를 통해 비현실이 눈앞의 현실보다 진실할 수 있음을 이야기했다.[1] 감옥에 갇힌 사람이 돌아가고자 하는 집은 벽 바깥에 있다. 그가 벽 너머를 상상하는 것은 자연스럽다. 게다가 감옥 바깥을 육안으로 보지 못한다고 해서 바깥세상이 부재한다고 말할 수는 없다. 환상을 통해 낡은 실존에서 탈출하는 일은 매우 실용적이고 심지어 영웅적일 수 있다.[2]

벽은 사람을 물리적으로 가둘 뿐만 아니라 상상력과 가능성을 가둔다. 벽은 하나의 공간을 이쪽과 저쪽으로 나누고, 안과 밖이 구별되도록 만든다. 이쪽은 안쪽이고, 안쪽에 있는 것은 우리 편이다. 벽 너머 바깥에 있는 것은 상대편이다. 안을 지키려는 사람들은 벽으로 시야가 가려진 채 바깥을 경계한다. 벽 너머에 있을 모르는 자의 얼굴은 적으로 그려진다. 어쩌면 적을 막기 위해 벽이 필요한 것이 아니라, 벽을 만들기 때문에 적이 생기는 것이다. 이때 주어진 자리를 탈출하도록 돕는 비현실의 힘은 인물이 바깥의 민얼굴을 확인하도록, 무언가 다른 것을 목격하도록 길을 연다.

---

[1] J. R. R. Tolkien, "On Fairy-Stories", *Tree and Leaf*, London: Unwin Books, 1964 참조.

[2] 심완선, 해설 「미래를 색칠하는 파국과 환상」, 김청귤, 『해저 도시 타코야키』, 래빗홀, 2023 참조.

이서영의 「월담하려다 접천」에서 서울은 외부와의 연결을 차단하는 방패로 둘러싸여 있다. '방패님'은 바깥은 위험하므로 얌전히 안에 머물러야 한다는 메시지를 준다. 격리는 거주자를 보호하기 위한 방책이라고 정당화된다. 그런데 '연경'이 우연히 인터넷에 연결되어 현실 세계를 벗어났을 때, 다른 세계에 있던 존재는 이렇게 이른다. "지금 너희 바깥에 있는 사람들은 그걸 방패막이 아니라 벽이라고 불러."(p. 111) 과거와 달리 바깥세상은 기후변화의 참상을 회복하는 중이었다. 방패님이 세운 벽은 회복과 연결의 흐름에서 서울을 배제시킨다.

벽을 세우고 경계를 긋는 일이 안전과 늘 합치되진 않는다. 신시아 인로는 전통적인 '국가 안보'의 개념이 안전을 충분히 제공하지 않는다는 점을 지적한다. 만약 안보를 "국가의 힘을 위협하는 것이라는 전통적 용법"으로만 여긴다면 "어떤 것이든 국가 안보에 대한 위협으로",[3] 곧 안전을 해치는 것으로 정의할 수 있다. 소설에서 연경의 친구인 '현정'은 어느 교수의 성폭력 행태를 고발하는 대자보를 붙인 탓에 어디론가 끌려간다. 폭력이, 가해자와 피해자가 있음을 알린 현정의 행동은 따지자면 사회를 한층 안전하게 만드는 일이다. 다음 폭력을 예방하고 사회 구성원이 피해를 수복하도록 돕는 것이다. 하지만 현정은 그 과정에서 감시 카메라를 해

3   신시아 인로, 『군사주의는 어떻게 패션이 되었을까』, 김엘리·오미영 옮김, 바다출판사, 2015, p. 89.

킹함으로써 방패님의 감시 체제를 건드렸기 때문에 위험한 존재로 지목된다. 방패님의 체제가 최선의 안전으로 여겨지는 한, 방패님이 보장하는 종류 외의 안전을 구하려는 시도는 불필요할 뿐 아니라 비애국적인 행위로 치부된다. 이렇게 어긋나는 이유는 물론 방패님의 체제가 안전하지 않기 때문이다. 방패님이 흉흉하게 서울을 관리하는 현실에서 현정은 고문을 당하고 몸이 망가진다.

군사적 역량에 중점을 두는 안보는 실질적으로 일반인의 불안 수준을 높인다. "세상을 위험한 곳으로 보게 되고 적을 미리 상정하도록 배우며 그 적과 싸운다는 명목으로 행정 권력을 강화하고 [……] 병역필한 이들을 더 우선시하는 군사화로 인해 사람들은 안전하다고 느끼지 못한다."[4] 군사화를 멈추고 전 세계적 연결을 강화하는 쪽이 오히려 안전을 증진할 수도 있다. 예를 들어 '인간 안보'를 주장하는 측에서는 전투기를 구입하고 군대를 운용하는 일보다 지구온난화를 막고 깨끗한 물을 공급하는 행동이 안전을 확보하는 데 훨씬 중요하다고 본다. 반대로 전쟁은 인간의 기본적인 권리를 대규모로 심각하게 침해하는 사건이다. 안전의 의미는 군사적 방벽을 초월한 위치에 있다.

서울의 벽을 넘는 연경의 '월담'은 차원을 초월해 다른 세상에 '접천'하는 경지에 이른다. 그곳에서 연경은 여러 시간

---

4 같은 책, p. 233.

선을 뭉쳐 각 차원 간의 경계를 뭉개버린다. 서울보다 거대한 비현실의 차원에서 벽을 엉망으로 만드는 행동은 현실을 근본적으로 변화시킨다. 고문당하는 현실에 살았을 현정은 세계를 자유롭게 떠돌아다니며 행복해진다. '더 나은 삶'의 가능성은 격리를 멈춘 자리에서 발견될 수 있다.

그래서 안전을 거부하고서라도 벽 바깥으로 탈주하는 이야기는 강한 생동감을 품곤 한다. 그런 이야기에는 커다란 불안과 어렴풋한 희망이 있다. 어렴풋하지만 지금-여기보다 나을 가능성을 내재하기에 주술처럼 사람을 사로잡는 희망이다. 더욱이 SF는 벽으로 고립된 세계를 극단적으로 설정하여 불안과 희망의 대비를 배가할 수 있다. 아밀의 단편「로드킬」은 여자아이를 '1급 보호 대상 소수 인종'으로 지정하여 양육하는 보호소를 설정한다. 작중 미래에는 대다수 여성이 유전자조작 등을 통해 아이를 낳지 않는 몸으로 '진화'한 상태다. 임신할 수 있는 여성은 소수밖에 없다. 소수의 가임 여성, 그들에게서 태어난 어린 딸들은 보호소에서 엄중히 관리를 받는다. 다시 말해 보호소의 소녀들은 멸종 위기의 야생동물과 같다. 보호소 직원들에게 소녀란 "아무리 멀쩡해 보여도 원시의 야생에 가까운 생물들"[5]이다. 소녀에게는 교육이, 나아가 남자의 보호가 필요하다고 여겨진다.

보호소 부지의 사방은 높은 철책이나 담장으로 가로막혀

---

5   아밀, 「로드킬」, 『로드킬』, 비채, 2021, p. 31.

있다. 소녀들에게 철책은 그들이 "'길을 잃지' 못하도록 막아주는 기능을 하는 것과 동시에, 외부인들의 침입으로부터 우리를 보호해주는 기능"[6]을 한다. 그러나 무엇으로부터의 보호인지 분명치 않기에 그것이 과연 안전을 보장하는지는 판명되지 않는다. 보호소에 들어오는 외부인은 소녀를 데려가려는 남자들뿐이다. 자기 아이를 원하는 남자들은 보호소를 졸업하는 소녀를 데려간다. 소녀에게 그런 '결혼'을 거부할 자유는 없다. 실상 결혼 상대는 철책과 담장이 상정하는 가상의 침입자와 본질적으로 같다. 다만 전자는 관리자의 인가를 받았다는 이유로 위험성이 부정된다. 구혼자는 소녀를 묶어두려는 관리자에게는 안전할지 몰라도, 소녀에게는 부자유와 불안을 야기한다. 주인공은 절실한 마음으로 보호소의 벽을 넘을 방법을 찾는다. 눈앞의 현실에 순응하길 거부하고 미지의 가능성을 향해 목숨을 건다. 통제되지 않는 야생동물 같은 생명력이 빛나는 순간이다.

소녀들에게 바깥세상의 가능성이 필요하듯이, 바깥에서도 벽 안에서 비롯되는 가능성이 필요할 수 있다. 어쩌면 벽으로 인해 고립된 쪽은 바깥이다. 낸시 크레스의 단편 「마비」는 안과 밖의 관계를 뒤집는다. 전염성 강한 정체불명의 피부병이 유행하자 사람들은 환자를 '인사이드'에 무차별적으로 격리한다. 인사이드는 몇 년 안에 '아웃사이드'와 사회적

6   같은 책, p. 20.

으로 단절된다. 바깥의 사람들은 안쪽이 곧 폭력적인 무정부 상태에 돌입하리라 생각한다. 하지만 인사이드는 물물교환 경제를 이루며 평화를 유지한다. 폭력은 오히려 바깥에 퍼진다. 격리와 배제를 강화하면서 아웃사이드는 "열두 살짜리 아이가 사제폭탄을 던지고, 직장이 있다는 이유로 실업자 이웃한테 사타구니까지 난자당하고, 세 살배기 아이가 도둑고양이처럼 버려진 채 굶어죽는 세상"[7]으로 변한다.

벽을 넘는 교류는 철저히 금지되어 있다. 인사이드의 병을 치료하려고 시도하는 일조차 불법이다. 작중에서 바깥 소식을 전달해준 의사는 바로 사살당한다. 그래도 변화는 일어난다. 의사는 죽기 전, 인사이드의 병이 신경전달물질 수용체에 변이를 일으켜 사람을 온화하게 만든다는 연구 결과를 전달한다. 누군가 바깥으로 나가 병을 퍼뜨린다면 폭력이라는 병을 진정시킬 수 있을지도 모른다. 바깥은 희망을 품기엔 "너무도 늙고 단단하고 사악한 세상"[8]이지만, 소설의 마지막 문장은 모든 비관을 압도한다. 이는 봉준호 감독의 영화 「설국열차」의 대사와도 연결된다. "워낙 18년째 꽁꽁 얼어붙은 채로 있다 보니까 이게 이제 무슨 벽처럼 생각하게 됐는데, 사실은 저것도 문이란 말이지. 그래서 이쪽 바깥 문을 열고 밖으로 나가자, 이 얘기야."

7   낸시 크레스, 「마비」, 『종말 문학 걸작선 2』, 존 조지프 애덤스 엮음, 조지훈 옮김, 황금가지, 2011, p. 116.

8   같은 책, p. 142.

2. 문에서 일어나는 일

개념상 문은 열릴 수 있는 벽이므로, 모든 벽은 문으로 변할 가능성을 품고 있다. 벽 안/밖의 존재가 벽을 통과하는 순간 그것은 문이다. 그렇다면 문에서는 무슨 일이 벌어질까?

문을 지나면 안과 밖이 전환된다. 문을 통해 이동하면서 안에 속하던 존재는 밖으로, 밖에 속하던 존재는 안으로 섞여든다. 안과 밖의 구별에 수반되는 정체성은 문이 열리는 순간 영속성을 잃는다. 우리와 적, 진짜와 가짜, 옳음과 그름이 가변적으로 섞일 수 있다는 사실이 드러난다. '사실은 저것도 문'이 실현될 때 생기는 혼란이다.

그런 점에서 이산화의 「깡총」은 상징적이다. 소설이 다루는 토끼와의 전쟁은 호주에서 일어났던 실제 고투와 흡사하다. 영국인을 통해 호주에 유입된 유럽 토끼는 몇 마리에서 몇억 마리로 증식했고, 초목을 고갈시키며 땅을 황폐화했다. 호주는 토끼를 막기 위해 1901년부터 3천 킬로미터가 넘는 길이의 울타리를 세워 땅을 방비하려 시도했다. 이 '토끼 장벽'은 이쪽과 저쪽을 가르긴 했지만 토끼를 저지하는 데에는 실패했다. 토끼는 땅굴로도 이동한다. 소설 속 토끼는 초공간으로 이동하며, 급기야 시간을 넘는다. 작중에서 '최후의 방어선'이자 '지성의 상징'으로 쌓은 장벽이 의미를 잃는 이유는 두 가지다. 인간은 안팎을 완전히 격리하지 못했고, 자신의 정체성을 구성하던 역사를 지키지 못했다. 시간을 거스르는 토끼가 역사를 바꾼 탓에 현재 시점에 있는 장벽의 의미 또한 반대로 전환된다. 장벽은 무지한 인간이 감히 토끼가 있는 '신성한 땅'으로 도망치지 못하도록 막는 것이 된다. 토끼가 시간의 벽을 넘으며 문을 연 순간부터 이쪽이 진짜 현실이다.

SF는 독자의 현실 세계 주변에 잠재된 다른 종류의 현실(가능성)을 서사에 포섭해왔다. 그 방법 중에는 시간 여행인 다중우주 설정처럼, 여러 가능성을 중첩적으로 동시에 (작중의) 현실로 구현하는 경우가 있다. 시간 여행 소설은 역사에 배태된 다양한 가능성이 모두 실체를 갖는 이야기로 나아가곤 한다. 과거는 접근하지 못할 불변의 상태가 아니며, 현재는 얼마든지 틀어질 수 있다. 한편 다중우주론을 이용한 평행세계 소설은 모든 가능성이 곧 현실이라고 전제한다. 다중우주론이 옳고 세계가 무한히 존재한다면 확률이 극히 희박한 사건도 어디에서는 반드시 일어난다. 각각의 가능성은 모두 진위를 가릴 수 없는 진짜 현실이다. 이런 소설에서 등장인물은 시간이나 세계의 벽을 통과해 다른 세상을 본다. 그곳은 외계와 달리 기존의 세상과 본질적으로 유사하며, 그곳의 구성원은 외계인이 아니라 '어쩌면 내가 될 수도 있었던 다른 나'다. '나'는 개별성을 지니지만 유일무이하지는 않다. 내가 속하는 '이쪽' 현실의 모습은 '저쪽'만큼이나 우연적이다. 이렇게 '다른 나' '다른 현실'로 이야기는 가변성을 담보하며, 인물에게 선택권을 부여하곤 한다. 이는 여러 가능성

중에서 무엇을 자신의 현실로 꾸려나갈 것인지 실현하는 힘이다.

황모과의 장편 『우리가 다시 만날 세계』는 평행세계를 이용해 '여아 낙태가 일어나지 않는 세상'을 가정한다. 주인공 '채진리'는 임신중절 약이 발명되지 않아 1990년생 백말띠 여아 7만 명이 죽지 않은 세상에 산다. 그런데 어느 순간 학교에서 여학생들이 사라지기 시작한다. 남학생들은 하루아침에 성격이 바뀌어 여학생들을 '가짜'나 '좀비'라고 부른다. 독자의 현실처럼 '여아 낙태'가 빈번하게 일어난 어느 평행세계와 이어졌기 때문이다. 진리에게는 자신이 살아 있는 '이쪽' 세계가 진실이지만 '저쪽'에서 건너온 사람들에게는 아니다. 저쪽 사람들은 이쪽을 입맛에 맞게 주무르려 한다. 진리는 그에 맞서 자신과 친구들이 무사히 생존하는 세계를 다시 현실로 만들려 한다. 소설은 "과거도 미래도 한 가지 모습으로 고정되어 있진 않"으며 세계는 "언제든 꿈틀댄다"[9]라고 말한다. 그리고 "세계가 고정되지 않은 것처럼 사람 역시 확정되지 않은 존재"[10]라고 덧붙인다. 아무리 세상이 현재진행형으로 요동치고 사람들이 변하더라도 개개인에게는 의지를 품고 지향점을 설정할 능력이 있다고 강조한다. 소설에 따르면 무엇을 '진짜'로 구현해나가는지는 구성원의 몫이다.

9　황모과, 『우리가 다시 만날 세계』, 문학과지성사, 2022, p. 249.

10　같은 쪽.

이렇듯 현실의 벽을 문이라고 상정하는 소설은, 우리가 거품처럼 가득 부풀어 오르는 가능성 사이에 불확정적으로 존재하고 있다는 느낌을 준다. 현실의 외곽선을 살짝 흐릿하게 만들고 그 자리에 바깥을 투영한다. 지금-여기 외에 어디에도 가지 못하는 우리는 사실, 언제나 문을 통과하여 어디론가 향하는 중이다. 이것이 문을 다루는 SF가 숨을 불어넣는 환상이다.

3. 벽에서 일어나는 일

그렉 이건의 장편 『쿼런틴』은 인간이 자신의 모습을 실시간으로 선택해나가는 과정을 양자역학을 통해 과학적으로 (하지만 어디까지나 가상의 과학으로) 설명한다. 소설에 따르면 본래 파동함수가 수축하는 일은 일어나지 않아야 한다. 슈뢰딩거의 고양이는 죽는 동시에 살아야 한다. 과거의 우주는 "모든 일이 동시에 일어나고, 모든 개연성들이 공존하는" 상태로 존재했고 "파동함수는 결코 수축하지 않고 그 대신 점점 더 복잡화되기만"[11] 했다. 그런데도 누가 상자를 열었을 때 고양이의 상태가 죽음과 삶 중 어느 한쪽으로 결정되는 이유는, 인간종이 관측을 통해 다른 가능성을 제거하는 능력

---

11   그렉 이건, 『쿼런틴』, 김상훈 옮김, 허블, 2022, p. 207.

을 획득했기 때문이다. 인간의 관측으로 인해 우주는 "모든 관측 결과에 대응하는 각기 다른 버전으로 갈라"[12]진다. 어느 우주에는 죽은 고양이만, 다른 우주에는 산 고양이만 존재하게 된다. 인간에게 목격당한 집합체는 복합성을 잃고 어느 하나로 수축되고 고정된다. 인간의 눈에 '보이지 않는다'고 관측된 존재들은 '없는' 상태로 고정되었을 것이다. 인류가 관측을 시작한 뒤로 얼마나 많은 별과 종족이 사라졌을지 알 수 없다. 이러한 대학살은 인간 자신에게도 마찬가지로 일어난다. 인간종은 매 순간 자신을 확인함으로써 '자신을 아는' 동시에, 가능한 상태에 있었던 나머지의 무수한 자신을 소거한다.

작중 태양계는 거대한 암흑물질인 '버블'로 둘러싸인 상태다. 인간은 태양계 바깥을 관측하지 못하도록 격리된다. 격리를 뜻하는 '쿼런틴quarantine'이라는 말은 전염병이 돌았던 배를 항구에서 40일간 격리하던 조치에서 나왔다. 더 이상 병이 퍼지지 않으리라고 판단되는 때 격리는 끝난다. 작중에서는 인간종이 예전처럼 다시 집합체로, 하염없이 확산한 상태로 변이할 때 격리가 끝난다. 수축이 풀리고 복합성이 살아나면서 사물들은 가능한 모든 형태를 되찾는다. 소설은 이를 현재 시제로, 모두 동시에 일어나는 일로 묘사한다. "제트기에서 비늘과 발톱이 자라고 있다. 활짝 웃는 어린아이들

---

12 같은 책, p. 200.

이 반투명한 핑크빛 태아로 퇴행하고 있다. 실체가 없는 입술 안으로 끊임없이 흘러 들어가는 코카콜라의 거대한 흐름이 네이팜탄처럼 불타오르며 주위 건물에 불을 붙이고, 짙고 구불구불한 검은 연기를 하늘로 올려 보낸다."[13] 가능성을 차단하던 문은 완전히 기능을 상실한다. 벽은 없다. 상상 가능한 "모든 꿈, 모든 비전" "무한한 행복과 무한한 고통"[14]이 이미 실체를 얻었으므로 인간은 이제 어떠한 가능성도 선택하지 못한다. 존재를 고유한 상태로 규정하던 시선은 빛을 잃는다.

그런데 흥미롭게도, 사람들은 자신을 규정하는 능력을 잃으면서 자신과 타인을 구별하는 능력도 함께 잃는다. 마지막 장면에서 사람들은 육체적으로 서로 융합한다. 누가 누구였는지는 식별되지 않는다. 벽이 의미를 잃고 규정이 사라지자 그들의 존재도 무너진다. 그렇다면 이렇게 표현할 수도 있겠다. 앞서 살펴본 벽은 사람의 가능성을 가두고 그의 정체성을 편협하게 고정하는 역할을 했지만, 아무 벽에도 기대지 못하는 사람은 자기 자신을 유지하기가 어려워진다. 식물세포의 세포벽 내에 존재하는 원형질은 세포벽과 접촉하고 있어야 본래의 성격을 유지한다. 세포벽이 제거된 원형질은 탈분화 과정으로 넘어간다. 만일 그 상태에서 다른 운명cell fate

---

13 같은 책, p. 431.
14 같은 책, p. 446.

을 지닌 세포벽과 접촉할 경우 그에 맞는 형태로 변한다. 말하자면 세포벽이 세포의 정체성을 규정할 가능성이 있다. 세포 차원에서 일어나는 일을 인간에게 그대로 적용할 수는 없으나, 그래도 우리는 개체의 차원에서 유사한 과정을 반복하는지도 모른다.

그렇다면 벽을 유지하면서도 완전히 격리되지 않는 공동체, 문이 원활히 기능하는 삶을 결론으로 제시할 수 있을 것이다. 김보영의 단편 「엄마는 초능력이 있어」는 사람들이 자신의 벽(문)을 여닫는 존재 양식을 원자의 교환으로 표현한다. 화자는 원자의 움직임을 보는 초능력을 갖고 있다. 흔히 사람들은 자기가 "구분되어 있고 나뉘어 있고, 독립적이고 분리되고 동떨어진 무언가라고 생각"[15]하지만 원자의 차원에서 그것은 사실이 아니다. 화자는 들숨으로 섞여드는 타인의 원자와 날숨으로 공기 중에 섞이는 원자를 본다. 사람들을 구성하는 모호한 경계선은 "내가 만나고 인사하고, 잠시 스쳐 만나고 악수를 하는"[16] 사이에 합쳐졌다가 다시 분리된다. 문이 열릴 때마다 변화가 일어나지만 그것은 다시 닫히고 벽이 된다. 다만 벽 바깥의 존재는 더 이상 모르는 얼굴이 아니다. 서로의 일부를 교환한, 혹은 언제든지 교환할 수 있는 친밀한 타인이다. 그런 변화는 흔한 모습일지언정 정교하고 감

15　김보영, 「엄마는 초능력이 있어」, 『얼마나 닮았는가』, 아작, 2020, p. 14.

16　같은 책, p. 15.

탄스럽다. 소설은 우리가 개별적으로 존재하는 동시에 전체로서 연결되어 있다는 감각을 상기시킨다. 벽을 두고도 격리와 적대, 혼란과 자아 상실, 어느 쪽으로도 빠지지 않는 길이다.